NOUVEAU
RECUEIL DE POÉSIES

PAR

C.-L. SUPERNANT

LAON.

TYPOGRAPHIE DE ÉD. FLEURY ET HURIEZ,

Imprimeurs-Libraires, rue Sérurier, 22

1842

NOUVEAU

RECUEIL DE POÉSIES

NOUVEAU
RECUEIL DE POÉSIES

PAR

C.-L. SUPERNANT

LAON

TYPOGRAPHIE DE Éd. FLEURY ET L. HURIEZ

Imprimeurs-Libraires, rue Sérurier, 22

1842

PRÉAMBULE.

La reconnaissance, cette vertu si rare, devrait avoir son siège dans le cœur de l'homme, comme elle doit être le mobile de ses actions. C'est elle qui nous obtient du crédit, qui nous donne un appui auprès de ceux qui nous ont obligés. L'oubli d'un bienfait est souvent une marque de la dépravation du cœur humain, et l'ingrat n'est pas moins odieux que celui qui trahit un ami et devient le délateur de toutes ses confidences. La reconnaissance devrait même se montrer envers ceux dont on aurait à se plaindre; elle sera toujours une preuve de la grandeur d'âme, lorsque l'ingratitude est le signe le plus certain de sa dégradation; et il est toujours honorable de s'élever à la hauteur des sentiments de nos bienfaiteurs, pour mériter la continuation de leur bon souvenir.

L'humanité est aussi une vertu qui fait honneur à l'homme, et qui lui procure cette considération qu'il perdrait dans une froide indifférence. LE DÉVOUEMENT DES MÉDECINS FRANÇAIS ET DES SŒURS DE SAINT-CAMILLE m'a paru un sujet si beau à traiter, que j'ai cru faire plaisir au lecteur, de le placer dans cette seconde livraison. Un bel exemple à suivre sera toujours digne d'une lyre montée sur un haut ton et accoutumée à chanter des évènements remarquables. Reconnaître un bienfait, sauver la vie à son semblable, au péril de la sienne, sont deux vertus qui ne sont point communes ; il serait à souhaiter qu'elles naissent et grandissent avec nous, et nous accompagnent même au-delà du terme de la vie.

LE JUGEMENT DE NAPOLÉON qui est le morceau le plus remarquable de ce recueil, et dont l'intitulé doit piquer la curiosité, m'a paru un sujet difficile à traiter pour ne pas froisser les opinions. En m'attachant à la vérité des faits, je n'ai pas craint de faire un déplaisir à mes lecteurs, à quelque parti qu'ils appartiennent. L'historien raconte, le poète embellit ; le premier cherche son mérite dans l'exactitude, le second le trouve dans la fiction ; mais l'un et l'autre ne peuvent réussir qu'en mettant le lecteur à même de discerner le vrai du faux, et de pouvoir approfondir l'intention de l'auteur. J'ai donné pour titre : LE JUGEMENT DE NAPOLÉON, à ce qui n'est qu'un récit historique de sa vie, plutôt un éloge du bien qu'il fit, qu'une censure du mal que la fin de son règne causa à l'Europe. Juge impartial, je veux toujours laisser exister ce doute : L'auteur a-t-il été l'ami ou l'ennemi de Napoléon ? J'ai éprouvé un vrai plaisir de chanter ses belles actions, comme j'ai ressenti une certaine peine en faisant connaître les causes qui l'ont précipité d'un trône, où ses talents militaires et l'éclat des services rendus à la patrie l'avaient fait monter. Général, il se signala par ses exploits guerriers ; consul, il tira la France de l'anarchie qui allait la mettre à la discrétion de ses ennemis ; empereur, il promettait un triomphe durable aux Français et un heureux avenir, s'il n'avait point porté atteinte à leur liberté, et s'il se fût tenu plus sur ses gardes contre la flatterie qui l'élevait aux nues pour le perdre. Si la reconnaissance, si l'humanité n'ont pas toujours été le mobile de ses actions ; si les flatteurs qui l'encensaient ont eu beaucoup de part aux folles entreprises qui l'ont fait tomber du faîte des grandeurs, dans un abîme de maux où il a succombé, nous serons toujours forcés de reconnaître qu'il a été comme envoyé du ciel pour rendre à la France son existence politique qu'elle était sur le point de perdre par la chute de ses rois, et qu'ayant posé les bases de la législation nouvelle, il a conduit les Français dans la voie de la civilisation, qu'ils conserveront en s'attachant aux principes de modération et de justice qu'il suivit, lorsqu'il prit les rênes de l'état, et qu'il réunit autour de lui toutes les opinions. Il eût été heureux pour lui, comme pour nous, qu'il eût pu donner aux étrangers cette confiance et cette sécurité par son amour pour la paix, comme il leur causa d'alarmes par sa passion pour la guerre.

Quant au reste des poésies qui terminent ce recueil, et qui ne sont pas sans intérêt, c'est au lecteur à en saisir les pensées, et à en apprécier la valeur.

La Reconnaissance française.

—

ÉPITRE

À Son Altesse Impériale la Grande Duchesse de Saxe-Weimar,
née Princesse de Russie, la mère du peuple.

Princesse! dont le cœur si plein de bienveillance
Surpassera toujours l'éclat de la naissance;
Qui, comptant pour aïeux des rois, des empereurs,
Dans la nuit des temps même avez pris vos grandeurs,
Et, parmi les vertus d'une âme magnanime,
Pratiquez la plus belle et la rendez sublime;

Les moments les plus doux de vos plus heureux jours,
Sont ceux où vous portez au malheur des secours.
Cette rare vertu s'appelle *bienfaisance :*
Vous l'avez héritée, elle est notre espérance,
Elle est votre apanage ; et, pour votre ornement,
Est de votre couronne un riche diamant.
Le trésor le plus grand, la plus belle richesse,
Pour nous sera toujours votre haute sagesse.
La force fait souvent la gloire des vainqueurs ;
Et vous, par vos bienfaits, vous subjuguez les cœurs.
Les premiers sont jaloux d'un pouvoir tyrannique,
Et dévorent des yeux la fortune publique ;
Mais vous qui connaissez les bornes du pouvoir,
Vous savez à son prix estimer le devoir,
Et ne pourriez jamais avoir de jouissance,
Si l'un de vos sujets était dans la souffrance.

Digne fille des czars, qui de Pierre-le-Grand
Savez si bien unir la grandeur d'âme au sang,
Pour les dons généreux que votre main dispense,
Vous recevez de nous celui d'obéissance.
Bienfaisance céleste ! elle est le plus beau don
Que puisse l'Éternel joindre avec un grand nom.
Le denier de la veuve à Dieu fut agréable,
Celui de votre main est inappréciable.
Ah ! pour vous élever au comble des honneurs,
Vous avez votre esprit, vos vertus, vos grandeurs.
Vous qui tenez du ciel un si riche héritage,
En augmentez le prix par le plus noble usage.
Comme une bonne mère éleva sous ses yeux

Des enfants que ses soins ne font que rendre heureux,
Vous savez gouverner un peuple qui prospère,
Vous bénit et vous rend un hommage sincère.

Français, je vois briller les lumières du Nord
Dans l'éclat qui jaillit de votre affable abord;
Vos bienfaits sont marqués du sceau de la justice,
D'un sentiment royal c'est le plus sûr indice.
Vous possédez la source où se trouve un trésor
De grâces, de faveurs des jours de l'âge d'or.
Ainsi l'ardent soleil d'un rayon salutaire
Sait, à la voix de Dieu, vivifier la terre;
Ainsi votre grandeur, par son bras tout-puissant,
Sait conserver la vie à l'être périssant.
Du Dieu que nous servons vous retracez l'image,
De vous donner à nous fut son plus bel ouvrage.
L'Éternel, qui connut nos soucis et nos soins,
A su, par des sauveurs, pourvoir à nos besoins.
Lorsqu'au-dessus de nous ce Dieu vous a placée,
Il prévint nos désirs, sachant notre pensée;
Car des terrestres biens qu'il mit entre vos mains,
Vous marquez sagement l'emploi pour les humains.

Cet empire étendu sous les glaces de l'Ourse,
L'asile du malheur, son soutien, sa ressource,
Qui semble être du ciel si peu favorisé,
Est d'autant plus heureux, qu'il est civilisé.
Lorsque nous admirons, dans ses vastes provinces,
La générosité de tant de vaillants princes,
Notre crainte est de voir, dans tous nos beaux climats,

Un triomphe sur nous, et nous disons tout bas :
Parmi les nations, France, la plus guerrière,
En libéralités seras-tu la dernière!

Le Scythe est redoutable, ah ! c'est par son bon cœur !
Sa grandeur d'âme ici l'a fait notre vainqueur.
Alexandre, à Paris, pour prix de la victoire,
Garde au peuple vaincu ses monuments de gloire.
En rasant dans Moscow le beau palais du czar,
Napoléon triomphe, et n'est pas un César.
Quand, ô temps malheureux ! ce conquérant peu juste,
Pouvant vivre et régner comme un nouvel Auguste,
Essaya d'asservir votre pays natal,
Vous rendiez au Français, oui, le bien pour le mal;
La France armée au sein de la grande Scythie,
Ses forces y portant la mort et l'incendie,
Le toit de vos aïeux, votre ville envahis,
Des milliers d'ennemis désolaient ce pays;
Vous gémissiez sans doute, et ne pouviez entendre
Les lamentations de Moscow sous la cendre;
Vos yeux versaient des pleurs sur ce désastre affreux,
Et vos mains secouraient le Français malheureux.
Mon sort était à plaindre, vous sûtes ma détresse;
Je reçus du secours, c'était de votre altesse.
Prendre part à nos maux, votre religion
Peut seule vous donner cette inspiration.
Orphelin délaissé sur la terre étrangère,
Je reconnus en vous la bonté d'une mère.

Lorsqu'un peuple voisin, aux entrailles d'acier,

A ma perte acharné, peuple ingrat, vain, altier,
Mit en œuvre la force à sa haine asservie
Pour me ravir mon bien, et l'honneur, et la vie ;
Sans cesser de gémir, je conservais l'espoir
Que des chrétiens jamais n'oublieraient leur devoir.
Vous daignâtes me tendre une main secourable
Qui m'offrit le produit d'une âme charitable ;
Je le reçus d'un cœur aussi reconnaissant
Que pour moi le besoin était grand et pressant.
Pardon ! si l'art des vers, dont je fais mon étude,
Ne vous en a plus tôt marqué ma gratitude.
Mes talents n'allaient pas aux beautés de cet art ;
Pour remplir un devoir, j'attendais que plus tard,
Ma muse conservant la vigueur du jeune âge,
Vous mît au rang des dieux, en vous rendant hommage :
Qu'auteur plus éclairé, je susse en mes écrits
De vos bienfaits chanter dignement le haut prix,
Et, faisant résonner les cordes de ma lyre,
Je pusse être entendu dans le plus vaste empire.

L'homme bien élevé reçoit-il un secours,
La crainte d'être ingrat le tourmente toujours ;
Et celui que j'obtins de votre bienveillance
Me parut du mérite être la récompense.

Digne du diadème et fille d'empereur,
Vous savez, sans le titre, en montrer la grandeur ;
Mais, dès votre berceau, vous fûtes destinée
A la ville savante, heureuse, fortunée,
A Weimar qui vit naître, et de vos jours briller

Trois poètes savants : Goethe, Wieland, Schiller ;
A leurs doctes écrits je dois la poésie
Qui fait en ce moment le charme de ma vie.

Heureux le peuple qui, pour sa tranquillité,
Sous le règne des lois, gardant sa liberté,
Dans la grandeur du prince, et dans son énergie,
Contre les coups du sort trouve une garantie.
L'habitant de Weimar jouit de ce bonheur;
Aussi sait-il se faire une gloire, un honneur,
D'avoir dans ses grands ducs d'une illustre naissance
Avec le roi du nord une belle alliance ;
De devoir, pour le goût des sciences, des arts,
Sa haute renommée à la fille des Czars.

Vos états sont bornés, mais vos dons sans limite
Honorent la vertu, recherchent le mérite.
Le mortel généreux, le chrétien délicat
Sait qu'il a des devoirs, et ne peut être ingrat.
L'ingratitude encore montrant ce que nous sommes,
Provoque contre nous le jugement des hommes.
De ce vice odieux, que la loi n'atteint pas,
La laideur n'appartient qu'au cœur rampant et bas.
Continuel objet de mépris et de honte,
L'ingrat, souvent du ciel, voit la vengeance prompte;
Mais plus haut est le rang de notre bienfaiteur,
Plus nous sommes heureux d'atteindre à sa hauteur
Et mériter de vous un don et une gloire
Pour qui sait en garder l'éternelle mémoire.

Vivez, bonne princesse! et que de votre sang
Qui s'allie à celui de Frédéric-le-Grand,
Nous voyons naître un jour une race immortelle
De princes, de Rois, qui, vous prenant pour modèle,
Soient les pères du peuple, et par l'humanité
Joignent à leur repos notre félicité;
Ils seront de grands rois en imitant la mère,
C'est le vœu d'un Français, le vœu d'un cœur sincère.
Puissiez-vous vivre un siècle! encore ces longs jours
Pour tous les malheureux seront toujours trop courts,
Comme pour moi, qui dois à votre *bienfaisance*,
Tant d'égards, de bonheur et de reconnaissance.

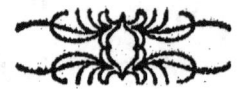

Le Dévouement

des Médecins français & des Sœurs de Saint-Camille,

portant du secours aux pestiférés de Barcelone, en 1821.

De la peste en ce jour déplorons les ravages :
Chantons sur un haut ton le dévouement français,
La bonté du monarque et les fruits de la paix :
Le peuple sous son roi dans un état prospère :
La France qui s'accroît, brille et se régénère.

POÈME.

Ah ! pour quel chant nouveau dois-je accorder ma lyre !
O Phœbus ! de tes feux réchauffe mon délire.
Doctes sœurs ! guidez-moi, secondez mon penchant,
Inspirez votre élève, et j'essaierai ce chant.
Avec votre secours et l'ardeur qui m'anime,
J'ose à peine entreprendre un sujet si sublime.

2

Pourtant, novice encore dans le sacré vallon,
Je suivrai les accents que j'appris d'Apollon.
« Sois prudent, me dit-il, et vois où tu t'engages,
» Déplore tristement la peste et ses ravages;
» Chante sur un haut ton le dévouement Français,
» La bonté du monarque et les fruits de la paix,
» Le peuple sous son roi dans un état prospère,
» La France qui s'accroît, brille et se régénère. »

Si nous devons pleurer au récit de malheurs,
La triste Barcelone est digne de nos pleurs;
Cette belle cité, que le trépas ravage,
De morts et de mourants offre une affreuse image.
La peste est dans ses murs, l'impitoyable mort
D'un vol rapide atteint celui qui veille ou dort.
Comme d'épais brouillards, les miasmes se répandent,
Ils infectent l'air pur, et sur les corps descendent.

Au nocturne flambeau le savant veille encor,
L'avare se désole et regrette son or,
Pour le riche indolent la mort est un supplice,
Le pauvre indifférent dort sur le précipice;
L'ami parle à l'ami de la calamité,
Le philosophe rêve à l'immortalité;
Le juste sans frayeur voit venir l'autre vie,
Le libertin la craint et le sage l'envie;
Sur son lit le héros, accablé de douleur,
Voit loin du champ de Mars s'éteindre sa valeur.

Il luit, ce jour affreux, terrible, épouvantable,
Où la mort tend sur nous son voile impénétrable;

Il luit ce jour d'angoisse et de gémissements,
Où la future, en proie aux plus cruels tourments,
Dans le cœur du futur a jeté l'épouvante,
Où bientôt sans enfants la mère se lamente,
Se livre au désespoir, maudit même le jour
Qui vient de lui ravir l'objet de son amour;
Et le cœur plein d'effroi, l'âme triste, inquiète,
Las d'enterrer les morts, le fossoyeur s'arrête.

Les rapides progrès de la contagion
Répandent à l'entour la consternation.
De la France d'abord menaçant les frontières,
Le fléau destructeur veut forcer les barrières.
Des courriers alarmants se hâtent vers Paris,
La tristesse et l'effroi s'emparent des esprits.
Cinq docteurs, dont l'amour pour la patrie éclate,
Rivaux de Gallien, émules d'Hippocrate,
Tous hommes de courage et d'exécution,
Brûlant de triompher de la contagion,
S'empressent de franchir les hautes Pyrénées;
Barcelone en leurs mains doit voir ses destinées.
François, Mazet, Bally, Parizet, Audouart,
Demandent d'y porter les secours de leur art;
L'humanité périt, la France est menacée,
L'humanité, la France occupent leur pensée;
De sauver l'une et l'autre ils conçoivent l'espoir,
Défendre sa patrie est le premier devoir;
Et pour l'humanité faire ce sacrifice,
De sentiments chrétiens c'est le plus sûr indice.

De la religion brille ici l'étendard,

Son éclat vient se joindre aux ressources de l'art.
Un séjour recherché par d'honnêtes familles,
Un hospice habité par de pieuses filles,
Où d'un monde pervers fuyant les vanités,
La vertu vit en paix de seules charités,
Dans ce calme séjour où la simple innocence
Sans cesse aux malheureux prête son assistance;
Où le sexe timide, au pied du saint autel,
A, pour se diriger, la science du ciel.
Le cœur français apprend les malheurs de l'Ibère,
Partage les douleurs d'une plaie étrangère.
L'humanité souffrante appelle à son secours,
L'hospice de ses maux veut arrêter le cours.
Éprises de pitié, deux sœurs de Saint-Camille,
Vont quitter par devoir et patrie et famille,
Échanger un lieu sain contre un contagieux,
Porter à Barcelone un soin religieux.
Généreux dévoûment! glorieux sacrifice!
Les vertus des héros sont celles de l'hospice!
Religion! toi seule as pu leur inspirer
Un courage aussi grand qui les fait admirer!

　Cinq médecins français, deux sœurs de Saint-Camille
Vont se sacrifier au salut d'une ville.
Le Gaulois à l'Ibère offre son amitié,
Le vainqueur est vaincu par la seule pitié;
L'humanité triomphe, et des braves l'élite
Aux cris de l'infortune accourt, se précipite.

　Un voyage pénible, un climat étranger,

Une absence cruelle, un imminent danger,
Barcelone livrée aux horreurs de la peste,
Rien ne jette l'effroi dans une âme céleste.
Des généreux docteurs le cœur n'est point troublé,
Des sœurs le zèle ardent n'est pas même ébranlé;
Au mal dans sa naissance il faut qu'on remédie,
Une étincelle éteinte arrête un incendie.

Aux soins des confidents les intérêts commis,
La foule de clients, les parents, les amis,
La mère inconsolable et le père en alarmes,
L'épouse au désespoir, l'enfant fondant en larmes,
Rien ne peut au voyage apporter de retard;
Le salut de l'Ibère a hâté le départ;
L'humanité s'écrie, et le devoir ordonne;
Animés du désir de sauver Barcelone,
Intrépides docteurs, aux enfants, aux aïeux,
A vos concitoyens vous faites vos adieux.

Pleins de zèle et d'espoir ils volent aux frontières;
Ils sont soudain suivis des sœurs hospitalières.
Déjà prêts à franchir, d'un pas audacieux,
La ligne entre l'air sain et l'air contagieux,
L'espace entre la vie et le noir trépas même,
Sous la garde de Dieu, dans ce péril extrême :
« Nous allons, disent-ils, servir l'humanité,
» Laisser un bel exemple à la postérité,
» Pour le salut commun exposant notre vie,
» Mériter de l'Espagne et sauver la patrie. »

Avec ces sentiments, ces pensers généreux,

Ils abordent sans peur les lits des malheureux
Et savent allier au zèle la prudence.
Pour bannir la terreur, ranimer l'espérance,
Avant que de leur art ils offrent le secours ;
Aux pestiférés même ils tiennent ce discours :
« Amis, nous accourons d'une rive lointaine;
» Vos maux nous ont émus, ont attristé la Seine;
» Cette ville célèbre, où le roi très-chrétien
» Accueille l'étranger et de tous veut le bien,
» Paris si renommé, notre bonne patrie,
» Oui, s'intéresse au sort de l'antique Ibérie.
» A vos malheurs connus nous avons tous pris part,
» Nous apportons ici les secours de notre art ;
» Quittez votre frayeur et reprenez courage,
» Votre prochain salut doit être notre ouvrage.
» Au découragement opposez la raison,
» C'est le plus sûr moyen de prompte guérison ;
» Un fléau vous accable, il n'est point sans remède,
» Bannissez, avant tout, la peur qui vous obsède ;
» A notre art, à nos soins confiez votre sort,
» Et vous triompherez en combattant la mort.
» Eh ! si vous hésitez de croire à nos paroles,
» Que vous les regardiez comme vaines, frivoles,
» Ou de songes trompeurs, de pures visions,
» Dans notre dévoûment voyez nos actions. »

Le malade, à ces mots, reprend la confiance,
Et, plein d'un doux espoir, souffre avec patience.

Là, le vaillant François, l'intrépide Mazet

Partagent les périls du brave Pariset.
Ici Bally, joignant l'ardeur à la science,
Seconde d'Audouart la docte expérience.
Dans leur bouche l'accent de candeur, de bonté,
Sur leurs lèvres les traits de la sécurité;
Penser, parler, agir, tout charme, tout console;
Le danger est-il grand, chaque docteur y vole.
Là, François visitant lazarets, hôpitaux,
Aux malades nombreux prodigue ses travaux.
Ici l'habileté traite la maladie;
Sur le cadavre infect portant la main hardie,
Parizet, Audouard, dans la dissection,
Trouvent l'intensité de la contagion.
Sans relâche Bally mettant tout en usage,
Des visites du jour la nuit dicte un ouvrage;
Du passé, du présent l'affligeant souvenir
Doit encore par sa plume éclairer l'avenir.

Prêt à donner la mort à l'hydre épouvantable,
Mazet impétueux, robuste, infatigable,
La saisit aussitôt, la combat corps à corps,
La suit dans tous les lieux qu'elle remplit de morts;
Et, ruse contre ruse, audace contre audace,
La presse, la repousse et l'abat, la terrasse.

Vous qui, dans le foyer de la contagion,
Arborez l'étendard de la religion,
Vous, respectables sœurs, qu'une gloire mondaine
N'attire pas ici des rives de la Seine,
Nombrez-nous les travaux, les veilles et les soins

Dont la France et l'Espagne ont été les témoins.
Sœur Joseph, sœur Vincent, religieuses filles,
Près des pestiférés vigilantes, tranquilles ;
L'une aux réduits infects rend la salubrité,
L'autre auprès du malade en soigne la santé ;
Sœur Joseph au souffrant donne de l'espérance,
Tandis que sœur Vincent voit ses besoins, le panse ;
Du mourant celle-là ranime encor l'espoir,
Quand au mort celle-ci rend le dernier devoir ;
La première toujours en exemple, en parole,
Auprès du malheureux l'anime, le console ;
Parlant au moribond du bonheur éternel,
La seconde l'exhorte à contempler le ciel.
De courage et d'ardeur les deux sœurs rivalisent,
Par un zèle héroïque elles s'immortalisent.

Mais déjà succombant sous le poids des travaux,
Les docteurs n'osent plus se livrer au repos ;
Sans sommeil, et leur corps épuisé de fatigues,
L'air pestilentiel soudain force ses digues,
Fond sur Bally, l'abat, renverse Parizet,
Frappe d'un coup mortel l'intrépide Mozet.
Audouart et François résistant à l'orage,
A son abord terrible opposent leur courage ;
De la contagion repoussant les assauts,
Sans se laisser abattre à l'aspect de ces maux,
Ils ajoutent aux soins de sauver les malades
L'ardeur de secourir leurs braves camarades.
La misère, le deuil, la consternation,
La paleur de la mort, la désolation,

Les médecins français atteints de *fièvre jaune*,
Tous les maux à la fois accablent Barcelone ;
Délaissés, sans secours, sur leurs lits étendus,
Les morts et les mourants demeurent confondus.
Tel est l'horrible aspect d'une ville assiégée,
Prise d'assaut, bientôt réduite, saccagée ;
Les vieillards, les enfants au féroce vainqueur
Tendent leurs faibles mains, ne touchent point son cœur.

Dans ce désastre affreux que la nuit seule voile,
Le courageux Mazet voit pâlir son étoile.
Pariset et Bally pourtant doivent guérir ;
Mortellement atteint, Mazet se sent mourir.
« Si la mort, dit Mazet, ne veut qu'une victime,
» Seul je veux rendre à Dieu le souffle qui m'anime.
» O Patrie ! ô ma mère ! Ah ! j'ai perdu l'espoir
» Sur le sol paternel de jamais vous revoir. »
L'infortuné Mazet, à la fleur de son âge,
Doit payer le tribut d'un insigne courage ;
Sa jeunesse ne peut, dans ce commun fléau,
De la parque cruelle éviter le ciseau.
« Sur le sol étranger, Mazet, dira l'histoire,
» En périssant couvrit le nom français de gloire ;
» Joignant la grandeur d'âme au noble art de guérir,
» Pour le salut de tous a voulu seul mourir,
» Sauvant l'humanité, la Gaule, l'Ibérie.
» Son dernier soupir fut : ma mère ! ma patrie ! »

Tel pour sauver la Grèce, on vit Léonidas
Préférer à la vie un glorieux trépas ;

Ce héros, au-devant des Perses immobiles,
Éternise son nom au pas des Thermopyles;
De l'ennemi nombreux soutenant les efforts,
Il meurt pour son pays sur des monceaux de morts.
Ainsi se dévoua ce Romain, dont l'histoire
Dans les murs de Carthage a gardé la mémoire.
Par un sage conseil Régulus au sénat
De lâches prisonniers éloigne le rachat;
Dans son trépas certain sa sagesse profonde
Voit déjà Rome un jour la maîtresse du monde;
Fidèle à son serment, il invoque les dieux,
Patrie, épouse, enfants reçoivent ses adieux;
A l'ennemi barbare il vient offrir sa tête,
Et de Carthage à Rome assure la conquête.
Tel Turenne à Saspach animant ses guerriers,
Desaix à Marengo moissonnant des lauriers,
Trouvent au champ d'honneur une mort éclatante
Qui des ennemis rend la France triomphante.
Des Grecs, des Romains, des Français leurs rivaux,
Les monuments nombreux attestent les héros;
De la terre et du ciel la moderne alliance
Fait le soutien, l'honneur et l'éclat de la France :
Le malheur des vaincus, la gloire des vainqueurs
N'éteignent pas toujours la haine dans les cœurs.
Le rare dévoûment! les Gaulois, les Ibères
Se traitent comme amis et s'embrassent en frères.

Naturelle aux Français, la générosité
Accompagne partout sa sœur l'humanité.
Vingt lustres écoulés, une peste pareille

Ravageant la Provence, a dépeuplé Marseille.
Les richesses, les lois, les lumières, les arts,
Par l'effet de la peur quittèrent ses remparts.
L'impôt sans percepteur, la ville sans police,
La cour sans un seul juge et sans garde l'hospice,
La peste, la famine, un brigandage affreux
Dévoraient à la fois l'habitant malheureux.
Dieu semblait avoir fui ; Marseille abandonnée
A l'héroïsme seul remit sa destinée.

L'affreuse épidémie a différents degrés,
Plus lents sont ses assauts, plus prompts sont ses progrès ;
Des malades les uns ont le visage blême,
Les autres enflammé comme le pourpre même ;
Ceux-ci ne disent rien, ceux-là parlent beaucoup.
Là l'extrême langueur, ici la mort d'un coup ;
Mais dans tous les regards le chagrin, l'épouvante
Se mêlaient aux transports d'une fureur ardente.

Belzunce, Rose, Estelle, unis avec Moustier,
Pour le salut commun vont se sacrifier.
La ville infortunée à son secours appelle,
Elle voit à ses cris voler Moustier, Estelle ;
Sans repos, sans sommeil, mus par l'humanité,
Ils bravent le torrent de la mortalité.
Contre un nouveau péril, nouveau trait d'héroïsme,
Le courage n'est pas le fils de l'égoïsme.

Un noble chevalier, un génie inventif,
Une âme magnanime, un esprit fort, actif,

Rose, alliant l'ardeur à la force, au courage,
Admire leur fardeau, l'envie et le partage.

A leurs côtés marchait cet illustre prélat,
Le vengeur de l'église et l'appui de l'état.
Sa taille colossale, un ferme caractère,
Sa charité, son zèle, une morale austère
Impriment le respect, l'obéissance aux lois;
Belzunce parle, il rend l'espoir aux Marseillois;
La peste de Milan à ses regards retrace
L'exemple du prélat dont il suivit la trace,
Des mœurs du saint évêque ardent admirateur,
De son parfait modèle il est l'imitateur;
Émule courageux de Charles Borromée,
Belzunce au champ des morts n'a pas l'âme alarmée.
Magistrats et prélat, anges consolateurs,
Marseille vit en vous, oui, des libérateurs.
La France, en lettres d'or, au temple de mémoire
A gravé vos travaux, vos périls, votre gloire.
Plus heureux aujourd'hui, sans avoir à pleurer
Du désastre voisin, elle va s'illustrer.
Des médecins français, aux pages de l'histoire
Un burin immortel gravera la mémoire.
Les veilles de Bally, les soins de Pariset,
Les travaux de François, la valeur de Mazet,
Les courses d'Audouart, alliance héroïque,
Ont des droits éternels à l'estime publique.
Magnanimes docteurs! Français pour l'étranger,
Vous n'apprenez ses maux que pour les soulager,
Admirable héroïsme aux champs comme à la ville,

Mazet meurt, à sa place il s'en présente mille.
On voit Bouquet, Deschamps, le jeune Jouary
Accourir, opérer, les égaux de Bally.
Nation généreuse! humaine, hospitalière!
La patrie en danger aurait la France entière!

Pour donner à son nom un éclat immortel,
Nous avons vu s'unir la terre avec le ciel,
O sœurs de Saint-Camille! ô vous à qui la France
De son lustre nouveau doit la reconnaissance;
Vous avez dans les cœurs longtemps vos noms inscrits,
Un courage aussi grand mérite un plus grand prix,

France! qui d'Apollon m'as fait prendre la lyre,
En enviant ton sort, le monde entier admire
Ton lustre, tes beaux arts, ta gloire, ta splendeur;
Ici ton industrie accroît là ta grandeur.
Lorsqu'au prix de ton sang tu remplissais d'alarmes
L'Europe épouvantée au seul bruit de tes armes,
L'alliance des rois justement courroucés
T'accable sous les coups dont ils sont menacés.
Tous les peuples unis sous les glaces de l'Ourse,
Campent près de la Seine et vont boire à sa source.
Sans secours, sans appui, dans la confusion,
Ah! tu vois ton désastre et ta destruction.
Par un bienfait du ciel un astre tutélaire
Sur toi répand enfin un rayon salutaire.
Tu regrettes ton roi, tu revois son retour,
Ton long deuil change en joie, et ta nuit en beau jour.
Louis est ton sauveur, et les lys refleurissent,

Du soleil de l'état les rayons resplendissent :
Cet astre ranimant le commerce et les arts,
Cérès dans ses moissons n'entend plus mugir Mars.
France ! tu te souviens des vertus de tes pères ;
Fière de leur éclat, tu vois des jours prospères ;
Pour le siècle de fer tu revois l'âge d'or.
Avec ton roi la paix, le bonheur, mieux encor,
Un noble dévoûment élève ta puissance
Au degré le plus haut de gloire et d'espérance.

Ce poème fut composé en 1822, d'après l'invitation du Roi aux poètes français.

Le Jugement de Napoléon.

POÈME.

Sur le sol étranger, dans une île escarpée
Reposait le héros dont la vaillante épée,
Pendant plus de vingt ans épouvanta les rois,
Battit toute l'Europe et lui donna des lois ;
Mais qui de la fortune éprouvant l'inconstance,
Dut sa chûte du trône au défaut de prudence ;

Et vainqueur des vainqueurs, ne se connaissant plus,
Finit par devenir l'esclave des vaincus.

Le plus grand des guerriers, qui d'heureuse mémoire,
Sous un saule pleureur gisait avec sa gloire,
Laissait dans tous les cœurs des regrets éternels,
D'un héros si célèbre, oui, les restes mortels
Devaient un jour revoir cette belle patrie
Qu'il avait tant aimée, encore mieux servie.
Le bruit de ses exploits, l'éclat de ses hauts faits
Dans la nuit des tombeaux réveillaient les Français.
Les échos ébranlés semblaient à nos oreilles
Redire à chaque instant son nom et ses merveilles,
Napoléon n'est plus; l'inflexible destin,
Hélas! loin de la France avait marqué sa fin.
La noire trahison, la fortune ennemie
Avaient ravi son corps aux vœux de la patrie.

Les Français, reprenant ces glorieux drapeaux
Qui chaque jour montraient des triomphes nouveaux,
Les yeux toujours tournés vers l'île Sainte-Hélène,
Redemandaient aux mers leur ancien capitaine.
De toutes parts c'étaient des soupirs, des sanglots,
Qui de la terre allaient se perdre dans les flots.
Le murmure du peuple et ses clameurs sinistres
D'inertie accusaient le prince et ses ministres;
On pleurait sur le sort du grand homme en oubli,
Qui parmi les rochers restait enseveli.
Le Français libre, fier, ne voyait plus d'entraves
Que le corps du héros reposât près des braves.

Enfin le jour arrive, et le monde étonné
Apprend que le guerrier n'est pas abandonné.
Un bruit sourd, éclatant comme un coup de tonnerre,
Retentit aussitôt et sur l'onde et sur terre,
Que de Napoléon, par un arrêt du ciel,
Les cendres vont rentrer sur le sol paternel.
La divine justice ici se manifeste,
Le mal est oublié dès que le bien nous reste.

D'un tel évènement l'Europe est en émoi;
L'un tressaille de joie, et l'autre est plein d'effroi.
Du héros désiré la dépouille mortelle
Attendait dès longtemps une gloire nouvelle.
A l'ennemi content de s'en glorifier,
L'orgueil français a dû beaucoup sacrifier,
La vieille haine encor est loin d'être étouffée,
Et gardait ce dépôt comme un riche trophée.
Dans le conseil des rois il fallut décider.
Ce qu'on pouvait sans crainte aux Français accorder
Thémis dit au congrès, en tenant la balance :
La cendre du grand homme appartient à la France.

Cette décision dut soudain s'accomplir,
C'est un honneur à rendre, un devoir à remplir,
Et pour la *Belle-Poule* un vrai sujet de fête,
Que du roi des Français le fils soit à la tête;
Pour louer le guerrier, honorer le héros,
On voit s'unir la terre, et les cieux, et les flots.

Sous ce présage heureux, le prince de Joinville

3

Dans le port de Toulon prépare sa flottille.
La France est dans la joie et Sainte-Hélène en deuil
Cette île en ce jour perd ce qui fait son orgueil.
Le trajet semble court, quand le but du voyage
Est d'honorer le brave et de lui rendre hommage ;
Chaque voile qu'on voit se déployer sur l'eau,
L'habitant sur le port croit que c'est le vaisseau.

L'empereur, retiré de sa fosse profonde,
Doit du bruit de son nom remplir encore le monde.
Tout est majestueux, la mer s'enorgueillit,
Et le nouveau rayon qui du soleil jaillit,
Sur l'humide élément répandant sa lumière,
Éclaire le guerrier en sa course dernière.
Autour de son cercueil, tous les marins à bord,
La flottille appareille et s'éloigne du port.

Flots, cessez de mugir, et vents, faites silence,
Du plus grand des mortels le jugement commence.

Un vieux soldat usé, redoutable autrefois,
Se levant tout à coup, fait entendre sa voix :
« Témoin de ses hauts faits et son compagnon d'armes,
» Je ne puis en parler sans répandre des larmes ;
» Après l'avoir suivi dans la prospérité,
» J'ai partagé les maux de sa captivité. »

C'est à Toulon d'abord que s'ouvre la carrière
Où son vaste génie et sa valeur guerrière
Se signalent, font voir ce qu'il dut être un jour,

Un monarque puissant, digne de notre amour,
Digne de nos regrets, fondateur d'un empire
Dont les restes toujours sont ce que l'on admire.

Un prince malheureux, sous son trône écrasé,
Sa couronne perdue et son sceptre brisé,
Son royaume à l'encan ; et le crime et l'audace
Essayaient hardiment de s'asseoir à sa place.
Au dehors l'étranger, avec avidité,
Fondait déjà des droits à sa propriété ;
Au-dedans la discorde et la guerre civile
Allaient donner la France aux mains du plus habile.
Français contre Français, tyrans contre tyrans,
Tous voulaient s'arracher la dépouille des grands.
Le mot de *liberté* perdait toutes les têtes,
Et s'emparait des cœurs comme autant de conquêtes.

Sur les lys effacés, sur les murs de Toulon,
Du léopard anglais flottait le pavillon ;
La prise de ce port mettait la république
Dans la position, certes, la plus critique :
L'ennemi du dedans, l'aspect de l'étranger
Avaient fait déclarer *la patrie en danger*.
On voulait la sauver, mais l'inexpérience
Semblait sur tous les points dominer la science.
Des chefs, jeunes césars, généraux de salon,
De Paris accouraient au siège de Toulon.
Inhabiles dans l'art d'attaque et de défense,
Ils échouaient devant l'ennemi de la France;
Le défaut d'union, et l'incapacité

Laissaient l'Anglais jouir de sa témérité.

Mais tout-à-coup arrive un chef d'artillerie
Qui sait faire valoir sa valeur, son génie.
Et c'est Napoléon ; dès les premiers assauts,
L'ennemi foudroyé, battu, fuit sur les eaux.

Le fier tyran des mers veut de notre marine
Avant sa prompte fuite opérer la ruine.
L'artilleur enhardi par ce premier début,
Des vaisseaux en danger cherche encor le salut ;
Dans le même moment, général et pilote,
Il sauve son pays et la ville et la flotte.
Par d'aussi prompts succès toute la nation
S'enivrait et de joie et d'admiration.

Sur les Alpes, alors une armée ennemie
D'Autrichiens, Piémontais, se trouvait réunie :
Le vainqueur de Toulon n'a plus qu'à se montrer,
Et l'ennemi de fuir et se désespérer ;
Sur le champ de bataille, il obtient un haut grade,
La victoire le fait général de brigade.
Souvent le cœur jaloux quand il tient le pouvoir,
Met obstacle au talent de faire son devoir.
Du jeune général commençant sa carrière
L'élan triomphateur rencontre une barrière ;
Il voit des ennemis de sa capacité ;
Contre lui l'envie arme, il est même arrêté.
Pour cette fois encore en butte à l'injustice,
Déguisant son chagrin, il quitte le service

La vérité parait. Barras son protecteur
Du talent militaire était l'admirateur.
Le proconsul déjà connaissant son mérite
De l'obscurité cherche à le tirer de suite.
Vers les premiers emplois, sitôt hors du néant,
Napoléon hardi marche à pas de géant.
D'heureux évènements, sa haute renommée
Lui donnent en un jour une épouse, une armée.
L'hymen de Joséphine avec le général
Devait à sa grandeur servir de piedestal.
Belle, spirituelle, aimable, gracieuse,
Elle pouvait charmer une âme ambitieuse
Une grande fortune et de rares talents
Étaient, pour avancer, des appuis excellents.
Il recherche sa main, et ce bel hyménée
Bientôt du général fixe la destinée.
O promesse sacrée! ô serment solennel!
Soyez pour les époux un lien éternel.
Gardons-nous de les rompre, et du courroux céleste
N'attirons pas sur nous le châtiment funeste.
Cette belle conquête était digne de lui,
Elle honorait l'époux et faisait son appui.
Hymen d'abord heureux, le savoir, le génie
S'unissant, pour régner, sont en bonne harmonie.
L'aimable Joséphine, avec un air si doux
Avait l'art de gagner les cœurs à son époux.
Et lui de son côté, comme un foudre de guerre,
Semblait par son courage épouvanter la terre.
Les Autrichiens battus, leurs remparts foudroyés,
Napoléon voyait l'Italie à ses pieds.

A Crémone, Lodi, devant le pont d'Arcole
Il triomphe ; son nom de bouche en bouche vole.
Après avoir vaincu, savoir négocier
Est, après la victoire, un talent de guerrier.

De retour à Paris, par de pompeuses fêtes
Il voit un peuple entier célébrer ses conquêtes,
Il avait rapporté de ses travaux guerriers,
Avec beaucoup de gloire, un faisceau de lauriers ;
A l'aspect si flatteur de ce rare trophée,
Des ennemis secrets la haine est étouffée.
Le vainqueur d'Italie, aux regards des Français,
Se momtre avec l'éclat de ses brillants succès.
Le peuple enthousiaste, au milieu de l'ivresse,
Etourdit le héros de ses cris d'allégresse.
Des fêtes tous les jours, et des plaisirs nouveaux,
Les ennemis vaincus, Paris, de leurs drapeaux
Dans ses temples voyait flotter le nombre immense,
Napoléon était le sauveur de la France,
Le soutien de sa gloire, et son libérateur,
De la liberté même un zélé défenseur.
Ses désirs étaient loin d'être accomplis sur terre,
Il lui restait encore à vaincre l'Angleterre.
Redoutable sur mer, jusqu'alors indompté
L'insulaire est toujours contre nous irrité.
Ces différents succès excitent sa furie,
Son courage redouble avec sa jalousie.
La terrible Albion par ses nombreux vaisseaux
Semblait pouvoir prétendre à l'empire des eaux.
Une expédition se prépare contre elle,

Et devient le signal d'une guerre éternelle,
Napoléon en est le principal auteur,
Et, même sur le champ, nommé le conducteur,
De grands préparatifs, et sur mer et sur terre,
Allument le flambeau de cette horrible guerre.
Albion craint pour elle, et le fameux Nelson
Surveille sur les mers la flotte de Toulon.

Deux grands hommes de guerre, et fiers de leur fortune,
Allaient se disputer le trident de Neptune ;
L'un est novice encore, mais d'un courage égal ;
L'autre expérimenté cherche un combat naval.
Et, dans l'art des combats, la meilleure science
Est de joindre au courage un peu d'expérience.
Le signal est donné, la flotte en mouvement,
Tous les vaisseaux rangés sur l'humide élément,
Offrent une forêt immense, impénétrable,
Qui s'éloigne, s'étend dans un ordre admirable ;
Et dans le port de Malte, en dépit de l'Anglais,
On voit bientôt flotter le pavillon Français.
Nelson cherche la flotte, et toujours à sa suite
Il ne peut empêcher sa descente en Egypte.
C'est là qu'il faut livrer de terribles combats ;
La Porte en ce moment médite son trépas :
Mais succombant d'abord sous sa vaillante épée
Les Turcs gisent devant la colonne Pompée.
Les Mamelucks vaincus, fuyant dans les déserts,
La peur les fait courir au bout de l'univers.
Napoléon les suit par des marches rapides,
Les atteint, les attaque au pied des pyramides.

Antiques monuments d'étonnante grandeur !
Des anciens rois d'Egypte attestant la splendeur !
Trente siècles n'ont pu vous rendre assez célèbres ,
Il faut une bataille , et des cyprès funèbres,
Qui couvrent de leur ombre un champ jonché de morts
De Mamelucks tués, où reposent les corps ;
Jour de gloire et de deuil , bataille mémorable ,
Son gain fut pour l'armée un trophée honorable.

   Il poursuit ses succès au milieu des déserts,
Et d'Aboukir apprend aussitôt le revers.
Ses vaisseaux sont détruits , et la mer est fermée ,
Ce désastre pouvait compromettre l'armée.
« Nous resterons ici, dit-il à ses soldats ,
» Il faut vaincre , ou trouver un glorieux trépas. »
Plus grand que le malheur, l'invincible courage
Ne voit dans ce désastre aucun fâcheux présage ;
Son âme s'agrandit à l'aspect du danger ,
Que l'armée est jalouse aussi de partager.
« A Toulon , à Mantoue et sur les Alpes mêmes
» Vous fûtes exposés à des dangers extrêmes ;
» Vous les avez vaincus en bravant le péril :
» L'ennemi doit trouver un Saint-Georges au Nil ;
» C'est par la fermeté que l'on sauve un empire ,
» Au brave la fortune a coutume de rire ;
» La victoire toujours fidèle à vos drapeaux ,
» N'attend , pour se montrer, que des périls nouveaux. »

   Mais tout-à-coup au Caire une révolte éclate ,
Napoléon l'apprend, il s'y rend à la hâte.

Les rebelles domptés demandent leur pardon ;
Ils l'obtiennent sans peine, et bénissent son nom.
Brave dans le combat, clément dans la victoire,
Sa modération ne nuit pas à sa gloire.
Pour voir tout par lui-même, il porte ses regards
Sur l'état progressif des sciences, des arts.
Il cultive avec fruit, dans ce berceau du monde,
De ses antiquités la science profonde.
Il respecte ses lois, ses coutumes, ses mœurs,
Le coran, l'évangile ont les mêmes honneurs.
Du rite qu'il conserve il se fait un mérite.
L'Egypte est à la France et la France en Egypte ;
Le guerrier, le savant et le législateur
Servent sous ses drapeaux, il est leur protecteur.
Il a soin de porter au mahométantisme
Tout le respect qu'il a pour le christianisme.
Les Mamelucks chrétiens, les chrétiens musulmans
Semblent fraterniser avec tous les Imans.
Du Dieu qui régit tout Mahomet le prophète
S'allie avec le Christ pour célébrer la fête.

El Arisch, Kaïffa, Gaza, le Montabor,
Aboukir et Jaffa, rappellez-vous encore
Ce que peut sa valeur, ce que vaut son génie ;
C'est avec ces talents qu'il conquit la Syrie.

Mais pour lui Saint-Jean-d'Acre est le fatal écueil
Devant lequel il voit abaisser son orgueil.
Bastille sur bastille, un roc inexpugnable,
Murs sur murs, forts sur forts, citadelle imprenable ;

Le vaillant gouverneur, du haut de ses remparts,
Sans crainte de la mort, brave tous les hasards ;
Opiniâtre assaut, plus ferme résistance ;
Le Turc sur le Français avec fureur s'élance ;
En arrière, en avant, l'intrépide soldat
Sur la brèche monté se ranime, combat ;
Trois fois les assiégeants attaquent avec rage,
Trois fois les assiégés en font un grand carnage.
Djazzar est dans la place, et ce Turc valeureux
Y veut vaincre ou mourir en prince généreux.
Le nombre faisant craindre une funeste suite,
Il doit lever le siège et rentrer en Egypte,
L'impérieuse loi de la nécessité,
En subjuguant son cœur, abaisse sa fierté.

Sur le Caire aussitôt opérant sa retraite,
Son arrivée y fut un grand sujet de fête.
Bataille sur bataille, et succès sur succès
Le Mameluck connut le courage français ;
Et nos soldats couverts d'une immortelle gloire
Se rappellent combien leur coûta la victoire,
Pour l'honneur de la France, et pour sa liberté
Le Français redoutable, autant que redouté,
Toujours plus valeureux quand le danger menace,
Sait répandre son sang avec amour, audace :
Mourir pour sa patrie est le premier devoir,
Le courage en tous temps a donné le pouvoir.

Napoléon tournant ses regards vers la France,
Son état de détresse appelait sa présence.

Voir son propre pays du plus haut point tomber,
Triompher au dehors, au dedans succomber,
Perdre en un jour le fruit des victoires passées,
Son avenir affreux occupe ses pensées.
Il quitte son armée, objet de tous ses soins,
Mais, avant son départ, pourvoit à ses besoins.
Il ne craint pas ainsi de flétrir sa mémoire,
De perdre son crédit, et de nuire à sa gloire,
Il ne peut dans ce cas passer pour déserteur,
Tandis qu'il est connu pour un triomphateur :
En proie aux factions, la France à l'agonie
Attendait son retour pour renaitre à la vie.
Il vole à son secours; elle lui tend les bras;
Sa fortune le suit, et ne le trahit pas.

Le vainqueur d'Orient, le vainqueur d'Italie,
Chargé de lauriers, rend l'espoir à la patrie;
Le mortel fortuné, de Fréjus à Paris,
Du peuple malheureux apprécia les cris.
La capitale apprend cette grande nouvelle,
Se livre à des transports de joie universelle.

Deux grands hommes alors fixaient l'attention,
Mérite égal, c'étaient Moreau, Napoléon.
Ils avaient vaillamment servi la république,
Avec les mêmes droits à l'estime publique;
Le peuple versatile, aujourd'hui notre ami,
Se refroidit, demain ne l'est plus qu'à demi.
L'homme heureux est fêté, cet état est précaire,
Il perd dans le malheur la faveur populaire.
Le peuple, si léger dans son opinion,

Voulait tantôt Moreau ; tantôt Napoléon.
Le talent du premier, ce serviteur fidèle,
Son abnégation, sa retraite immortelle,
Sa popularité, son esprit libéral,
Balançaient l'ascendant que prenait son rival.
La bravoure de l'autre, et son brillant génie,
Ses guerres d'Orient, ses succès d'Italie,
Le souvenir récent de ses brillants exploits,
Effaçant son rival, déterminaient le choix.

La république, alors dans l'état d'agonie
D'un malade qui va passer à l'autre vie,
Avait besoin d'un homme aussi brave qu'heureux,
Qui pût faire changer cet état dangereux.
Tout le peuple élevant Napoléon aux nues,
Semblait du général favoriser les vues.
Peu propre aux coups d'état, Moreau réfléchissant,
Manquait d'activité dans un cas si pressant ;
Napoléon, adroit, plus fin, plus téméraire,
Savait mieux captiver la faveur populaire.
Ce dernier à l'état porte un coup décisif,
Et marche au consulat d'un pas expéditif.
Sa fortune le suit ; du consulat au trône
On monte hardiment, quand l'intérêt l'ordonne ;
Et voyant à ses pieds ses ennemis battus,
Napoléon craint peu le poignard de Brutus.
Plus heureux que César, et pas moins intrépide,
Il saisit le pouvoir, un instant en décide.

La France, abandonnée à des hommes pervers,

De tous côtés alors n'avait que des revers ;
Il lui fallait un chef, habile politique,
Qui pût dans le danger sauver la république.
Napoléon paraît devant ses ennemis,
Le peuple à son pouvoir aussitôt est soumis.
Le directoire à bas, les conseils en déroute,
Vers le trône déjà vont lui frayer la route.
A peine a-t-il saisi les rênes de l'état,
Qu'il est législateur, et consul, et soldat.
Placé sur le sommet d'une haute éminence,
Son élévation fait déjà sa puissance ;
Sa demeure aussitôt dans le palais des rois,
Du diadème encor lui donne tous les droits.
L'état sous lui doit prendre une nouvelle forme,
La république usée est mise à la réforme.
Au dedans, au dehors il porte ses regards ;
Il se voit applaudi, fêté de toutes parts ;
D'un saint ravissement tous les cœurs se remplissent,
Les esprits aigris même à lui se réunissent ;
On voit le royaliste et le républicain
Élever le consul au rang d'un souverain :
Jamais on n'avait vu du plus terrible orage,
Pour la terre étonnée un plus heureux présage.

Après un long exil, le proscrit, l'émigré,
Sur le sol paternel ardemment désiré
Reparaît avec joie ; un fils embrasse un père,
Et la mère son fils ; le frère au cou du frère,
La sœur près de la sœur se serrent tendrement,
Ce n'est plus qu'une ivresse, un seul enchantement.

Les grandes nations, si longtemps désunies,
Semblent se rapprocher en une réunies :
La terre, c'est la France, et le monde, un Paris,
Où viennent figurer tous les plus grands esprits.

Mais d'un air inquiet Albion, sa rivale,
Est loin de partager l'ivresse générale ;
Elle forme aussitôt la coalition
Qui des peuples longtemps fit la destruction.
Souvent le deuil est près d'une source de joie,
D'une mer de plaisirs où l'aveugle se noie.
Loin de jouir en paix du fruit de ses travaux,
Napoléon s'apprête à des combats nouveaux.
Les Autrichiens à Nice, et sous les murs de Gênes,
Nos légions, après des tentatives vaines,
Sans ordre repassant les Alpes, l'Apennin,
Voyaient dans sa présence un triomphe certain.

Le consul réunit les Français sous les armes,
Et la joie aussitôt succède à leurs alarmes.
De Paris à Dijon, au pied du Saint-Gothard,
Une nouvelle armée arrive sans retard.
Le courage renaît ; le consul à la tête,
Vers la cime du mont n'a plus rien qui l'arrête ;
Le pas de charge au son des instruments guerriers,
Anime le soldat dans les étroits sentiers.
La montagne de glace où le pied tremblant glisse,
Le rocher escarpé derrière un précipice,
Le consul les franchit, en disant aux soldats :
« Le chemin à tenir, c'est de suivre mes pas. »

Vainqueur de tout obstacle, et d'abîme en abîme,
Il monte au Saint-Gothard, en occupe la cime.

Là se trouve un couvent, un toit hospitalier;
L'armée avec son chef va s'y réfugier.
Le pieux cénobite au consul rend hommage,
Ses vœux au ciel pour lui sont d'un heureux présage.
Aux soldats fatigués, pour être plus dispos,
Napoléon permet un moment de repos.
« Nous le vaincrons, dit-il, mes chers compagnons d'armes!
» L'ennemi que déjà mon nom remplit d'alarmes;
» Votre courage ici me répond du succès,
» Faisons voir de nouveau que nous sommes Français.
» Quoi! ces fiers Autrichiens ont repris l'Italie;
» Vous les en chasserez aux dépens de leur vie.
» C'est ainsi qu'Annibal, à ses Carthaginois,
» Dans sa guerre aux Romains s'exprimait autrefois.
» Ce général de loin voyait resplendir l'astre
» Qui dut des ennemis éclairer le désastre.
» Je compte sur vos bras et sur votre valeur,
» Des Autrichiens vaincus je prédis le malheur.
» Regardez devant vous la riche Lombardie;
» L'Italie est à nous, elle est à la patrie. »

Le consul aussitôt profite du moment
Où le brave soldat, plein de ravissement,
N'attend du général que l'ordre de se battre,
Le mène à l'ennemi, fier aussi de combattre.
L'espoir de la victoire entraîne le premier,
Ses triomphes récents emportent le dernier;

D'une héroïque ardeur brûlent les deux armées,
Qui marchent en avant par la gloire animées.
Soudain de Marengo, dans les champs des Lombards,
Une grande bataille illustre les remparts.
La rencontre est terrible et le choc effroyable;
La terre retentit d'un bruit épouvantable.
Trois fois les Autrichiens fondent sur les Français,
Les repoussent, pourtant n'en triomphent jamais;
Et trois fois les Français, revenant à la charge,
Traversent tous leurs rangs, s'ouvrent un chemin large;
Soldat contre soldat, dans un assaut cruel
Desaix trouvant la mort, rend son nom immortel.
Napoléon combat Mélas son adversaire,
La fortune à Mélas en ce jour est contraire;
Mélas perd tout le fruit de vingt mois de succès,
Et tous les vieux lauriers sont changés en cyprès.
Napoléon triomphe, et les rois en alarmes
N'osent plus trop compter sur le succès des armes.
Lannes victorieux devant Montebello,
Faisait voir à Desaix les champs de Marengo;
La gloire du premier jaillit sur la patrie,
Et la mort du second reconquit l'Italie.
Quel fut de la victoire en ce jour le produit?
La France en eut l'éclat, Napoléon le fruit.

Le vainqueur d'Italie, au comble de la gloire,
Vient à Paris jouir de sa belle victoire;
Mille cris d'allégresse annoncent son retour;
Le peuple l'accablant par ses marques d'amour,
Voit en lui le plus grand de tous les capitaines,

Qui pouvait de l'état prendre et tenir les rênes.
L'art de combattre est joint à l'art de gouverner,
Ce sont deux qualités que Dieu seul peut donner.
Aussi brave soldat qu'habile politique,
Sous la garde et l'appui de son bras héroïque,
Les lois sont en vigueur; en vain les factions,
Ces tristes résultats des révolutions,
S'élèvent contre lui, conspirent pour sa perte,
Dans l'ombre de la nuit font une guerre ouverte,
Pour s'en débarrasser par un assassinat,
Voudraient même entraîner la perte de l'état.

Mais Dieu qui le choisit pour sauver la patrie,
Rendre au peuple la paix, détruire l'anarchie,
Veille aux jours du consul placé sous son regard,
Et sait des cœurs français lui former un rempart.

La jalouse Albion, à l'abri de l'orage,
D'un ennemi battu relevant le courage,
Veut amener l'Autriche à de nouveaux combats;
La défaite affaiblit, l'espoir ne se perd pas.

L'ennemi de nouveau menace la frontière,
Le poignard de Brutus s'avance par derrière;
Le fer de l'anarchiste augmente le péril,
Et des jours du consul prétend trancher le fil;
Mais le ciel le couvrant de sa puissante égide,
Des vils conspirateurs retient le coup perfide.
Pour la paix au dedans, pour la guerre au dehors,
Il fait tout, le succès répond à ses efforts.

Aux champs d'Hohenlenden Moreau s'immortalise,
Quand Murat reconquiert les États de l'Église.

Ainsi qu'un aigle altier qui plane dans les airs,
Regarde le soleil, un point dans l'univers,
Le fixe hardiment, et dans son vol rapide,
Des oiseaux à l'entour fend la troupe timide,
Du fond de son palais le consul attentif,
Sur le globe terrestre arrête un œil actif.
Tout marche dans l'état dans un ordre admirable,
Qui promet aux Français un triomphe durable.
Au talent de combattre et de négocier,
Un bonheur étonnant semble aussi s'allier.
Dans la paix, dans la guerre, il montre tant d'adresse,
Qu'on admire au conseil sa profonde sagesse;
Il accroît son pouvoir par les hostilités,
La France chaque jour s'étend par les traités.
Il voit tout, il peut tout, il est un homme unique;
Il renferme en lui seul toute la république.
Heureux s'il avait pu, dans sa prospérité,
Ne pas porter atteinte à notre liberté.
Du bonheur des humains vainement on se joue,
Quand on veut nous détruire, on nous flatte, on nous loue;
Le danger disparaît quand notre unique but
Est le bonheur public et le commun salut.

La religion, jointe au pouvoir de l'épée,
Pouvait seule affermir sa puissance usurpée.
Il le sait, il allie, après un concordat,
L'étendard de l'église au drapeau de l'état.

Les lettres et les arts, depuis longtemps en France
Négligés, dans l'oubli, tombaient en décadence ;
Cette importante affaire, aussi digne de lui,
Occupe sa pensée et reçoit son appui.
Car une nation n'est redoutable et grande,
Que quand pour sa splendeur la science commande.
On voyait tout renaître au milieu de l'état,
Son génie en faisait le principal éclat.

Mais pendant qu'il travaille au bonheur de la France,
Du soin de sa grandeur, à son indépendance,
Dans l'ombre tout-à-coup des ennemis secrets,
Tentent de le surprendre en ses vastes projets.
Jaloux qu'il ait détruit par l'ordre l'anarchie,
Des traîtres avilis attentent à sa vie.
Il a l'œil attentif sur ces conspirateurs,
Du crime découvert il connaît les auteurs.
Le serviteur trahit, l'ami devient transfuge,
La force les arrête, un tribunal les juge.
L'Europe, en ce moment, voyait avec effroi
Le crédit du consul et la grandeur du roi.
D'un œil indifférent on ne voit pas un traître
Qui veut assassiner son collègue, son maître.
Des services nombreux du général Moreau
Le souvenir était encore trop nouveau ;
Comment faire périr celui dont la vaillance
Avait de grands dangers souvent tiré la France.
Moreau conspirateur, dans son bannissement
Emportant son chagrin et son ressentiment,
Contre son grand rival eût exposé sa vie,

Même en sacrifiant sa gloire et sa patrie.
De l'injustice encor, qui doit nous affliger,
Laissons toujours à Dieu le soin de nous venger.
Le brave marche-t-il sur les traces d'un lâche?
Peut-il souiller son nom d'une honteuse tache ?
Une gloire nouvelle, un mérite de plus
Eussent accru le prix des services rendus.

Un rare don du ciel qui s'appelle prudence,
Maître de notre cœur, le porte à la clémence.
Ici Napoléon, cédant à sa fureur,
Méconnaît son devoir et tombe dans l'erreur.
Au mépris des traités, sur la terre étrangère,
Contre un prince français exerçant sa colère,
Il veut avoir sa tête, et, sans égard au rang,
Ne craint point de tacher son épée en son sang.
Ah ! c'était de Condé l'héritier légitime,
Son illustre naissance était son plus grand crime.
Le prince résigné. mais, avant de mourir,
Sollicite sa grâce: en vain, il doit périr.
Toujours se rappelant l'éclat de sa naissance,
Il ne voit pas sans peine arriver sa sentence.
Dans cette France même, où l'un de ses aïeux
Se signala pour elle en faits si glorieux,
Il ne peut à la mort croire ni se résoudre,
Quand le nom de Condé semble devoir l'absoudre.
Abattu d'insomnie, accablé de douleur,
Jusqu'aux pieds du consul il porte son malheur.
Le brave qui peut voir des batailles sanglantes,
Ne peut que bégayer des paroles touchantes;

Sur le seuil du trépas et de l'éternité,
Il croit avoir des droits à son humanité.
Sa position même étant son meilleur titre,
Il lui fait adresser cette royale épître :
« Un guerrier qui sait vaincre, à l'art de gouverner
» Doit savoir joindre aussi celui de pardonner ;
» Une grâce accordée obtient autant de gloire
» Que celui qui remporte une grande victoire.
» D'une belle action l'un a seul tout l'éclat,
» Le triomphe de l'autre en commun se débat :
» Généraux et soldats, par leur bras, leur courage,
» Prenant part aux lauriers, ont des droits au partage.
» La force est en vos mains, et vous pouvez d'abord
» Conduire de l'état le vaisseau dans le port.
» Ce que vous avez fait vous dit ce qu'il faut faire,
» Et restez au-dessus d'un mortel ordinaire ;
» Sur le point éminent où le monde vous voit,
» Ne changez pas en honte un respect qu'on vous doit.
» Vous êtes aujourd'hui tout-puissant dans la France,
» Songez comment, de qui vous tenez la puissance.
» L'allié de nos rois, du sang du grand Condé,
» C'est comme prince ici que je suis regardé :
» Moi, Français comme vous et cher à ma patrie,
» Pour elle sans regrets je donnerai ma vie.
» Le rang où je suis né, je sais, fait tout mon tort,
» Et mon trépas ne peut assurer votre sort.
» Si je ne puis de vous prétendre aucune grâce,
» Mon sang rejaillira sur vous, sur votre race :
» Le Français outragé, l'étranger insulté
» Vous traiteront ainsi que vous m'aurez traité.

» Dans ce moment sur moi, vous pouvez tout sans doute,
» L'avenir vous attend, l'Europe vous écoute.
» Vainqueur de l'Italie un des plus grands guerriers
» Respectez le malheur, sans flétrir vos lauriers :
» Si vous l'avez jugé, s'il faut que je périsse,
» Ma mort, pensez-y bien, fera votre supplice :
» Et dernier rejeton du vainqueur de Rocroi,
» Rendant mon âme à Dieu, je mourrai pour mon roi. »

Du consul étourdi par le seul bruit des armes
Le cœur est insensible à la prière, aux larmes.
Comme un lys, que la faulx du cruel moissonneur
Tranche au milieu d'un champ, dont il faisait l'honneur,
Sur l'échafaud la nuit le sang du prince coule,
Et des conspirateurs intimide la foule.
De cette injuste mort la nouvelle surprit,
La terre en eut horreur, et le ciel s'en aigrit.

Napoléon puissant de l'état prend les rênes,
Et le peuple Français s'accoutume à ses chaînes.
La révolution donne au républicain
Sous les formes de droit le pouvoir souverain :
Il est fait empereur, la république expire
Dans le même moment que commence l'empire.

Un acte de bonté, dès le premier début,
Fait briller à nos yeux l'aurore du salut.
Dès longtemps regardé le héros de la France,
Il veut sur les Français régner par la clémence,
C'est un nouveau Titus, et le conspirateur

Ne voit plus le consul, mais trouve un empereur.
Heureux de recourir à sa miséricorde,
Il demande pardon et l'empereur l'accorde.
Ah ! c'est le plus grand homme aux yeux du monde entier,
Lorsque sous son épée il faisait tout plier.
Le peuple à sa fortune avec amour s'allie
Et le règne des lois soutient cette harmonie.

Pour affermir son trône encore chancelant,
Il cherche à lui donner l'éclat le plus brillant ;
Et la pourpre royale et la pompe romaine
Forment une alliance et divine et mondaine.
Charlemagne sacré par le pape Léon
Doit servir de modèle au grand Napoléon,
Du vicaire du Christ la main pontificale
Peut seule couronner la tête impériale.
L'huile sainte imprimant sur le front d'un humain
La puissance terrestre et le pouvoir divin,
L'homme a, de leur accord, une force invincible,
S'il suit de ses devoirs la carrière pénible.
Ainsi Napoléon, sous l'œil de l'éternel,
Fait, en face des cieux un serment solemnel.
Ce serment à garder causera sa ruine,
Dès qu'il méconnaîtra la puissance divine.

Sous sa brillante étoile il marche en sûreté,
Le céleste flambeau fait sa seule clarté.
Il voit le bien, le fait, et Dieu le favorise,
Il a pour lui le peuple et l'armée et l'église.
Sa sagesse au conseil rend les sujets soumis,

Sa justice partout lui trouve des amis.
Il tente par la paix d'affermir son empire,
Mais la fière Albion refuse d'y souscrire.
De l'Italie encore il se fait nommer roi,
Et ce titre nouveau met l'Europe en émoi.

Sur le grand Océan la lutte alors s'engage,
L'Anglais entend la foudre, il a peur de l'orage,
Couvre, pour s'en garder, les mers de ses vaisseaux,
Le nombre est effroyable, et fatigue les eaux.
Dans les préparatifs sur les bords de la Seine,
La Tamise croit voir sa ruine certaine;
S'adresse à la Newa pour des secours nouveaux
Que grossit le Danube en y joignant ses eaux.
L'Autriche et la Russie alors prennent les armes,
L'Europe éprouve encore de nouvelles alarmes;
Le flambeau de la guerre et sur terre et sur mer
Semble plus que jamais de nouveau s'allumer.
Ainsi pour soutenir l'éclat du diadème,
Napoléon déploie une énergie extrême.
Il sait qu'en périssant la France est sans appui,
Il veut sauver son trône et la France avec lui.
Des cohortes sans nombre attaquent la frontière :
Déjà nos alliés font un pas en arrière;
Napoléon l'apprend, il vole à leur secours,
Et de Boulogne au Rhin arrive en peu de jours.

Là, combats sur combats; des manœuvres habiles
Rendent des ennemis tous les efforts stériles;
Il triomphe partout, et le soldat français

Entrainé par ses chefs de succès en succès,
Ne voit plus de lauriers que sa valeur n'obtienne,
Et place ses drapeaux sur les remparts de Vienne.
Les ennemis vaincus, chassés de toutes parts,
N'ont pas encor le nom de timides fuyards;
Repoussés dans leurs champs, forcés dans leurs murailles;
Ils espèrent toujours leur salut des batailles.

Enfin près d'Austerliz cent mille combattants
Soldats déterminés, valeureux et contents,
S'avancent avec ordre, en colonnes serrées
Qui vaincront ou plutôt périront dispersées.
Napoléon en face, animant ses guerriers :
» Cette armée est à moi, leur dit-il', vos lauriers
» Qu'on n'a jamais flétris, vont prendre un nouveau lustre,
» Votre nom deviendra de plus en plus illustre. »

Le scythe infatiguable, et partout redouté
Qui d'un pas hardi marche à la célébrité,
Comme s'il eût été certain de la victoire,
Avec Napoléon veut mesurer sa gloire;
La bataille s'engage, et les trois empereurs,
Plus ou moins animés au spectacle d'horreurs,
Changent, émus du sang qui coule en abondance,
Leur courroux en pitié, leur fureur en clémence.
Le carnage a cessé; les vaincus, les vainqueurs
Ont les larmes aux yeux, l'estime est dans leurs cœurs.
La paix, terme des maux, après elle on soupire,
Napoléon la veut, et François la désire.
Laissant le champ d'honneur à nos braves soldats,

Alexandre battu retourne en ses états.

Sur terre le Français triomphe et fait des fêtes ;
L'Anglais va sur les mers poursuivre ses conquêtes.
L'intrépide Nelson sait devant Trafalgar
Enchaîner en mourant la victoire à son char.
Triomphes et revers, succès ou grand désastre,
Napoléon heureux suivait toujours son astre.

Si Voltaire, accusé d'annoncer des erreurs,
N'éblouit pas nos yeux par de fausses lueurs,
Sur son opinion la mienne aussi se fonde ;
Le trident de Neptune est le sceptre du monde.

Le vainqueur d'Austerlitz s'élève au plus haut rang,
Il reçoit du sénat le beau surnom de Grand.
Comme il avait rendu la France triomphante,
Il veut aussi la voir heureuse et florissante.
C'est par de sages lois qu'il atteindra son but,
Dans un code admirable il veut voir son salut.
La science est l'objet de sa haute pensée,
Une marche aux savants aussitôt est tracée ;
De l'université posant le fondement,
Aux arts il sait donner de l'encouragement.

Mais tandis qu'il s'occupe, au sein de sa patrie,
Du commerce, des lois, des arts, de l'industrie ;
Qu'il assigne à chacun ses devoirs à remplir,
Qu'à ses ordres tout doit se mouvoir, s'accomplir ;
Et qu'au delà du Rhin, par un but politique

A sa puissance il joint l'union Germanique,
Par cet accroissement de forces au dehors,
La Prusse pacifique, en violents transports
Se tourmente et fait voir sa juste jalousie;
Napoléon répond avec son énergie.
Mais Frédéric Guillaume, après un long sommeil,
Éprouve par malheur un trop tardif réveil.
Pendant que du repos il goûtait tout les charmes,
Ses soldats n'avaient plus l'exercice des armes.
Un peuple citoyen et novice aux combats
Ne pourra jamais vaincre un peuple de soldats.
Ce roi, peu réfléchi, malgré son impuissance,
Poussé par Albion, ose attaquer la France.
Le plateau d'Iéna lui sert de ralliement,
Il attend les Français dans ce retranchement.
Phœbus, sur l'horizon se montrant avec peine,
Craint d'éclairer du roi la ruine certaine.
Vingt-cinq mille ennemis sur la terre étendus,
Matériel détruit, et les drapeaux perdus,
Le roi, la reine même en une prompte fuite,
Des guerriers d'Austerlitz évitant la poursuite,
Ne trouvent leur salut que dans l'obscurité;
Et ce peuple orgueilleux de sa témérité
Payant l'expérience, une seule journée
Décida de son sort, tua sa destinée.

L'infortuné monarque est alors sans espoir,
Il demande la paix, ne peut la recevoir;
Il attend le secours de l'indomptable scythe,
Et son salut futur des bras du Moscovite.

Bientôt arrive à lui le colosse du nord ;
La lutte en sa faveur recommence d'abord.
Ainsi que deux lions, poussés par la furie ;
N'attendent que l'instant de s'arracher la vie ;
De leur gueule béante, après de grands tourments,
Ils exhalent leur rage en longs rugissements ;
Leurs crinières d'abord sur leur cou se hérissent,
Et de leurs cris affreux les échos retentissent,
Se saisissant enfin, l'un sur l'autre abattu,
Ils combattent à mort, jusqu'à ce que vaincu
L'un d'eux couvert de sang, d'une large blessure,
Cherche dans les forêts une retraite sûre.
Ainsi deux ennemis, par une égale ardeur,
Cherchent les lieux, le temps d'exercer leur valeur ;
Dans les plaines d'Eylau, le Russe de la France
Du revers d'Austerlitz croyait tirer vengeance.
Il marche sur l'Europe, il en est la terreur ;
Napoléon l'attend, et combat sa fureur ;
Soldat contre soldat, le choc devient terrible,
La mêlée est affreuse, et le carnage horrible ;
A la gauche, à la droite, en arrière, en avant
Repoussant quelquefois et repoussé souvent,
Le scythe inébranlable et jaloux de sa gloire,
Veut, au prix de son sang, remporter la victoire ;
D'une épaisse fumée, au milieu du combat,
Le soldat ébloui ne voit plus le soldat.
La fumée et la neige, un mélange effroyable,
Dérobent de la mort l'aspect épouvantable.
Le scythe et le gaulois combattant corps à corps
S'arrachent les drapeaux sur des remparts de morts.

La bataille d'Eylau, l'une des plus sanglantes
N'a fait qu'encourager nos troupes triomphantes;
Décisive, elle eût pu nous amener la paix;
On avait vu couler assez de sang français.
L'ennemi conservant encor quelque espérance,
Des batailles toujours voulut courir la chance,
Fatiguer nos soldats et troubler leur repos;
Prêts à les recevoir ils sont fiers et dispos.
Cette bataille enfin, fameuse dans l'histoire,
Aux Français a frayé le chemin de la gloire;
L'ennemi repoussé, battu de toutes parts,
D'une guerre cruelle affrontant les hasards,
Sous les murs de Friedland rassemble ses cohortes,
Et son dernier espoir est aux pieds de ses portes.
Là, le sort de l'Europe allait se décider,
Si la raison pouvait aux haines succéder;
C'est dans des flots de sang, par la force des armes,
Que nous devons trouver un terme à nos alarmes.
Le Russe appréciant la valeur du Français,
En veut être l'ami, lui demande la paix.
Ah! de Napoléon la sagesse profonde
Pouvait dans ce moment fixer le sort du monde.
Des succès si brillants, au prix de tant de sang,
Qui devaient élever la France au plus haut rang,
Consolider sa gloire, affermir son empire,
N'ont fait que rendre alors sa condition pire.
Pays des Jagellon et des Sobieski,
Patrie en dernier lieu de Poniatowski,
Ne devais-tu donc pas de tes cendres renaître?
Ton ennemi vaincu te laisse un nouveau maître.

D'un infortuné roi, sous son trône écrasé,
La chûte t'accabla, ton sceptre en fut brisé.
Napoléon eût eu, dans ta reconnaissance,
Un allié fidèle, un rempart pour la France.
Ce génie étendu de loin ne peut plus voir,
Et l'intérêt lui fait oublier son devoir.
Détruire d'anciens rois et changer leurs couronnes,
En créer de nouveaux et leur donner des trônes,
C'était perdre le fruit de ses brillants exploits,
Et des peuples vaincus confondre tous les droits.
Ainsi Napoléon, au comble de la gloire
Que vient de lui donner la plus belle victoire,
Lorsqu'il croyait avoir la force d'un géant,
Fait la guerre à lui-même et périt en créant.

Toutes les nations qu'il veut armer contre une,
Ne peuvent bien s'unir pour la cause commune.
Chez les peuples changer les coutumes, les lois,
Ébranler d'un seul coup tous les trônes des rois,
Rompre d'anciens liens, de vieilles habitudes,
Il fallait du génie et de grandes études,
Gigantesque projet que l'esprit peut trouver,
Mais que le bras jamais ne peut exécuter.
Le Kampschatka du jour voit-il le crépuscule,
Que la nuit règne encore aux colonnes d'Hercule.
Enivré de sa gloire, ébloui de son fard,
Une épaisse fumée offusque son regard.
Habile et grand guerrier, l'imprudent politique
Ne voit plus que lui seul dans la chose publique.
Il achète à Tilsitt, au prix du sang français,

Trois rois pour recueillir tous les fruits de la paix.

Lorsqu'il croit des grandeurs avoir atteint la cime,
Il ne voit point son pied sur le bord de l'abîme.
Un grand corps s'affaiblit, lorsque trop étendu
L'ordre du chef au loin ne peut être entendu.
Sur des trônes anciens ses frères, rois qu'il place,
Des peuples ne sont pas reçus de bonne grâce;
Et, pour son désespoir, la superbe Albion
Conservait sur les mers la force du lion.
Le Léopard anglais, épris de jalousie,
Sur l'Aigle du midi veut porter sa furie.
Dans la nouvelle lutte un système nouveau
Donne aux Français la terre, aux Anglais laisse l'eau;
Système destructeur qu'il conçoit, exécute,
Et qui peut d'Albion précipiter la chûte.

Les peuples de l'Europe, alors coalisés,
Dans leurs rapports entre eux se trouvaient divisés.
D'un si vaste projet la pensée est facile,
Mais l'exécution en devient difficile;
Car comment réunir tant d'intérêts divers,
Il faudrait dans un seul l'esprit de l'univers.
Il ferme tous les ports, l'Océan Atlantique,
La Méditerranée, et toute la Baltique.
Détruisant du Breton l'industrie et les arts,
Il prétend lui porter la mort dans ses remparts.
Si la ligne des rois eût été la franchise,
Elle eût mis Albion dans une affreuse crise,
Vaste était le projet d'avoir sous ses drapeaux

Tous les soldats des rois contre le roi des eaux ;
Cette belle union pour la cause commune
Mettait en grand péril leur trône, leur fortune.
Napoléon actif, infatigable, adroit,
Ordonne, et chaque jour sa puissance s'accroît.
Au bord de la Dwina, sur le Tibre et le Tage
Il voit tout, règle tout en guerrier comme en sage ;
Si l'on n'avait point craint sa grande ambition,
Il eût pu triompher de la fière Albion.
Mais il faut qu'il périsse avec tout son système ;
Créant ses frères rois, il se détruit lui-même,
Et bientôt contre lui les peuples révoltés,
Quelquefois sont vaincus, mais toujours indomptés.
L'habitant ne veut pas avoir pour maître un homme
Qu'il abhorre et regarde étranger au royaume.

Ainsi Napoléon, dans les peuples soumis,
Loin d'avoir des sujets, n'a que des ennemis.
Un prince n'est heureux que par l'obeissance,
De l'amour seul du peuple il tire sa puissance.

La péninsule s'arme, et l'Ibère aux abois,
Voit dans les fers français ses légitimes rois ;
Un avenir affreux excite ses alarmes,
Son seul espoir alors est de courir aux armes.
Le Breton de son île arrive à son secours,
Et de sanglants combats se livrent tous les jours,
L'Orient soudoyé marche contre la France,
L'Autriche sur le Rhin comme un géant s'avance.

Ainsi du haut des airs, d'un vol précipité,
L'aigle fond sur sa proie avec avidité;
Aussi vite du Tage abandonnant la rive,
Napoléon accourt, sur le Danube arrive.
Les guerriers d'Austerlitz, de Friedland, d'Eylau,
Suivirent le guerrier dans l'île de Lobau.
Après de grands combats, de sanglantes batailles,
Il s'avance sur Vienne, ébranle ses murailles.
Au fond de leurs palais tous les princes tremblaient,
Sur les sceptres brisés les trônes s'écroulaient.
Par ses armes au loin la France redoutée,
Devant elle voit fuir l'Europe épouvantée.
L'Autriche violant le sol des alliés,
Pour la troisième fois vaincue est à ses pieds.
Napoléon alors, pour jouir de sa gloire,
Monte en triomphateur le char de la victoire.
La trompette à la main, de ses vaillants soldats
Il sonne le rappel au milieu des combats.
Les guerriers l'écoutaient avec tant d'allégresse,
Qu'ils le voyaient d'avance accomplir sa promesse.
Essling, Wagram, Eckmuhl, champs témoins des succès
Qu'obtint sur l'ennemi le courage français,
Si les haines n'ont pu ces jours être étouffées,
Vous n'en serez pas moins de glorieux trophées.

La victoire souvent enfle le cœur humain;
L'homme a tout aujourd'hui, veut avoir plus demain;
La raison notre guide est d'essence divine,
Contient nos passions et sur elles domine;
Un encens abondant est un fatal poison,

Il fait gonfler le cœur, étouffe la raison.

Napoléon remplit un devoir bien pénible,
Quand l'ordre social, par un arrêt terrible,
Jusqu'en ses fondements doit être renversé,
Que l'auteur dans sa chûte en peut être écrasé.
Tremblons quand de l'état le chef se rétracte,
Viole son serment; un si solennel acte,
L'indissoluble nœud qu'on ne rompt pas en vain,
Brisé souvent conduit l'infracteur à sa fin.
La société même en sent le coup funeste,
L'union conjugale est un contrat céleste;
Napoléon le rompt; sans être plus heureux,
Le devoir lui prépare un avenir affreux.
Du vainqueur de l'Europe en sa haute fortune,
L'orgueil s'est révolté contre la loi commune.
Protégé de Bellone et favori de Mars,
Il croit que tous les Dieux suivent ses étendards;
Dans son cœur ébranlé Vénus a pris un siège,
La vanité l'entraîne, il tombe dans le piège;
La déesse, qui veut le tenir dans ses lacs,
Au sentier des grandeurs sait placer ses appâts :
Il est aussitôt pris à la trompeuse amorce,
Avale le poison de la loi du divorce.

Dans ces jours si charmants, où fume à son autel,
Offert par tous les cœurs, un encens éternel,
Il faut à sa fortune une haute alliance,
Joséphine n'a pas l'éclat de la naissance;
Il veut l'abandonner, et le maître des rois

Prétend même en leur rang une épouse à son choix.
Joséphine aux vieux rois n'était pas alliée,
Pour ce motif et l'âge elle est répudiée.
L'auteur de sa fortune, une femme d'esprit,
N'est plus digne à ses yeux de partager son lit;
Elle doit renoncer, dans sa douleur profonde,
Au trône que lui doit ce conquérant du monde,
Et trouver, en sortant de son lit nuptial,
Une rivale avec l'éclat du sang royal.
Le désespoir eût pu, pour venger un outrage,
Armer contre l'ingrat l'héroïque courage.
Calme, silencieuse, étouffant sa douleur,
De l'époux qui la quitte elle veut le bonheur.
Si son âme affligée en ressent quelque haine,
Elle enferme en son cœur son chagrin et sa peine.
Si les Dieux ont ainsi permis de l'outrager,
Elle croit qu'ils prendront le soin de la venger;
Et, sans porter envie au sort de sa rivale,
Elle s'est résignée à pleurer du scandale,
A voir toute la France en silence gémir,
Et l'Europe tout haut en parler, en frémir.
La force ne rompt pas un lien légitime
Sans pousser l'infracteur sur le bord de l'abîme.
Une nouvelle épouse, au lit de l'empereur,
Doit affermir son trône, et c'est sa grande erreur.
Louise, à la faveur de ce bel hyménée,
Au bonheur des Français semble être destinée.
Deux peuples réunis, deux grandes nations
Voyaient un terme aux maux de leurs divisions;
Et ce n'étaient alors que plaisirs et que fêtes,

Le vaisseau dans le port ne craint plus les tempêtes.

Napoléon heureux, au sommet des grandeurs,
S'oubliait au milieu de ses adorateurs ;
D'un vrai Dieu sur la terre il se croyait l'image,
Et l'Europe à ses pieds venait lui rendre hommage.

La péninsule était au pouvoir des Français,
Qui de ses grands malheurs tiraient leurs grands succès.
Nos braves légions, partout victorieuses,
Se livraient aux plaisirs de fêtes glorieuses ;
Napoléon, au sein d'une brillante cour,
Voyait ses généraux triompher chaque jour ;
Et tandis que lui-même était ivre de gloire,
Que ses soldats marchaient de victoire en victoire ;
Que lui rassasié, dans le palais d'Eden,
De tous les doux plaisirs de son nouvel hymen,
Un successeur au trône, un fils qui vient de naître,
Place la France et Rome aux pieds d'un nouveau maître.
A l'enfant désiré tous les cœurs sont offerts,
Et la foudre à grands coups l'annonce à l'univers ;
Une nouvelle joie, au bruit de cent tonnerres,
Semble faire oublier les maux des vieilles guerres.
La France en son ivresse est à Napoléon,
Qui renferme en lui seul toute la nation.

La naissance d'un fils, les succès de l'armée,
Dans tous les feux de joie offraient de la fumée.
Albion, qui voit tout dans un inverse sens,
Au roi de Rome est loin d'apporter son encens.

Le Père, en ce refus, voit une grande injure
Qui laisse dans son cœur une grave blessure;
Occupé du seul soin de guérir sa douleur,
Il veut continuer la guerre avec chaleur.
Aux bords du Niémen, sur le Tibre et le Tage,
L'horison politique offre une affreuse image.
Une main tient l'épée, et l'autre l'encensoir;
Dans leur réunion il fonde son espoir.
Du pontife romain l'enlèvement rapide
Prive pour un moment l'autel de son égide;
Mais la terre et le ciel, qu'il croit avoir soumis,
S'élèvent contre lui, sont ses grands ennemis;
Il avait su toujours maîtriser la fortune :
Vaincre ou mourir était sa devise commune.
Son génie étendu tenant le monde entier,
Croyait que sous ses lois l'univers dût plier.
Ses forces, ses moyens lui suggèrent l'envie,
Pour détruire Albion, d'attaquer la Scythie;
Il le dit, il le veut, le demi-dieu mortel
Ne reconnaissait plus la puissance du ciel.
C'en est fait, les plaisirs des rives de la Seine
Vont se changer en deuil aux bords du Borysthène.
Tout s'émeut, tout s'ébranle, et la terre en émoi
Va sûrement tomber au pouvoir d'un seul roi.
Les deux puissants états, et d'une force égale,
Cherchent, pour se détruire, un grand champ de Pharsale.
Dans les camps, dans les forts, des milliers de soldats
Chaque jour combattaient et trouvaient le trépas;
La lutte, à chaque instant, devenait plus terrible,
Le carnage plus grand, la perte plus sensible;

Et l'Europe et l'Asie, avec acharnement,
De s'entredéchirer attendaient le moment.
Aujourd'hui le midi remporte un avantage,
Demain le nord reprend l'offensive avec rage.
Fatigué de combats, le Français arriva
De succès en succès devant la Moscowa.

Dans ces champs si fameux qu'arrose une rivière,
Une bataille, enfin, sanglante et meurtrière,
Doit décider du sort des deux vastes états ;
Sur la terre le sang des plus vaillants soldats
Compté même pour rien, en grossissant son onde,
Doit couler à grands flots pour l'empire du monde.
Tant d'humains en un jour destinés à périr !
D'un nuage, ô soleil ! tu devais te couvrir ;
Mais sur ce champ d'horreurs répandant ta lumière,
Napoléon se vit à son heure dernière.

Aussitôt dans Moscow menacé d'être pris,
La douleur et l'effroi s'emparent des esprits.
La France triomphante au sein de la Scythie,
Est loin de voir encor cette guerre finie.
Un vieillard, animé d'un sentiment humain,
Un patriarche grec, le métropolitain
De la grande cité que remplissaient d'alarmes
D'un conquérant altier les redoutables armes.
A l'aspect de ces maux qui déchirent son cœur,
Et cherchant les moyens d'arrêter le vainqueur,
A lui-même adressa cette épître frappante,
Que son style sacré rend encor plus touchante :

« Très-illustre empereur, et mortel comme moi,
» Servant le même Dieu, gardant la même foi,
» D'un ministre du ciel écoutez la prière,
» La grandeur sied à la valeur guerrière;
» Si vous êtes sensible au malheur des humains,
» Détournez-en la source, elle est entre vos mains;
» Nos vœux sont pour la paix, et vous voulez la guerre,
» Par elle espérez-vous l'empire de la terre?
» L'abondance de biens en laisse à désirer,
» Tantale en vain dans l'eau veut se désaltérer.
» Notre crainte aujourd'hui n'est pas de vous combattre,
» Mais de voir ma patrie un si sanglant théâtre,
» Où le nombre des maux qui nous accableront,
» Par vous seul provoqués, sur vous retomberont;
» Vous ne ferez couler notre sang et nos larmes,
» Que leur effusion ne tache aussi vos armes.
» Alexandre-le-Grand, chez notre nation,
» Vainqueur n'en acquit pas plus d'illustration.
» Alexandre mon maître est bon et magnanime,
» Vous fûtes son ami, vous eûtes son estime;
» Vous êtes l'agresseur; bravant votre courroux,
» Ses guerriers soutiendront la lutte contre vous;
» S'ils ne repoussent pas vos nombreuses cohortes,
» Ils mourront sur leurs murs, et sans ouvrir leurs portes.
» Si vous voulez ainsi détruire et saccager,
» Nous recourrons à Dieu qui saura nous venger :
» La divine justice est l'appui qui nous reste,
» Jamais vous ne vaincrez la puissance céleste. »

Sur l'âme d'un guerrier si plein d'ambition,

La parole de Dieu fait peu d'impression ;
Dans son orgueil il croit qu'il est l'être suprême,
Le vainqueur des vainqueurs ne peut vaincre lui-même.
Pour se rassasier de sang et de plaisirs,
Moscow seul est le but où tendent ses désirs.
Oui, Moscow qui devient sa conquête et sa proie,
Met le comble à l'ivresse où son âme se noie ;
Des colonnes d'Hercule aux bords du Tanaïs,
Il veut seul gouverner cet immense pays.

Un grand roi de Lydie, ivre de sa richesse,
Aux regards peu surpris d'un sage de la Grèce,
Montrait avec orgueil ses trésors, sa grandeur,
Un trône brillant d'or et toute sa splendeur ;
Aux vérités du sage il ne pouvait pas croire,
De ce monde il connut bientôt la vaine gloire ;
Crésus sur le bûcher criait : Solon ! Solon !
La même vanité perdit Napoléon.
La foule de flatteurs obsédant sa personne
Ne cessaient d'éloigner la vérité du trône.
Sur son char triomphal, en aucune façon,
Il ne voulait du Christ entendre la leçon,
Ou son âme plutôt n'en fut jamais frappée :
« Qui mit l'épée en œuvre a péri par l'épée. »

Dans le palais du czar, sur les Russes battus,
Il croit avoir saisi le pouvoir qu'ils n'ont plus ;
Mais du plus haut degré de gloire et de puissance,
Il tombe et s'engloutit dans un abîme immense.
Le salut des vaincus est dans le désespoir ;

Détruire c'est gagner, et perdre c'est ravoir.
Une ruse barbare, un nouveau stratagème
Trompe Napoléon et fait sa perte même.
Ce moyen destructeur ne peut être permis
A qui peut autrement vaincre ses ennemis.
La ville la plus riche, en cendres consumée,
Sauve par sa ruine et l'empire et l'armée.
Napoléon, à qui rien n'a jamais fait peur,
Son génie en défaut, tombe dans la stupeur.
Toujours vainqueur, pourtant il n'est point invincible,
Des flammes de Moscow, de ce feu si terrible,
Qui frappe ses regards en éclairant sa fin,
L'acier de son épée est fondu dans sa main.
Par la nécessité d'un si grand sacrifice,
Sous les pas du vainqueur on creuse un précipice.
Le courage abattu renaît du désespoir,
De la confusion sort un nouveau pouvoir,
Un pouvoir nécessaire et d'autant plus terrible,
Qu'il tire du besoin sa force irrésistible.

Le vainqueur impuissant, malgré son beau début,
De ses exploits guerriers n'atteindra pas le but;
La paix qu'il désirait ne pourra se conclure,
Il faudra du climat combattre la nature;
Il s'epuise en efforts; en vain il doit chercher
A garder un pays qui lui coûte si cher.
La plus belle victoire annonce une défaite;
Il ne voit pour salut qu'une prompte retraite.
De conquérir la paix tout espoir est perdu;
Un désastre aussi grand, tant de sang répandu,

De l'empire du nord ne peut le rendre maître.
C'était dans ce moment qu'il eût dû se connaître.
L'échec de St-Jean-d'Acre eût pu le prévenir,
S'il n'en eût dès longtemps perdu le souvenir :
Qu'un empire qui prend une étendue extrême,
Perd sa force en croissant et croule de lui-même.

    Napoléon alors n'est plus Napoléon ;
Vaincu par son orgueil, il combat la raison ;
Et la raison triomphe, il croit qu'il la maitrise,
D'une sottise il court vers une autre sottise ;
Il porte son courroux sur le palais des rois,
Et le Kremlin détruit est un de ses exploits,
Vengeance bien commune et peu digne de l'homme
Qui voulait qu'en naissant son fils fût roi de Rome.
Il a perdu ses droits à l'amitié du czar,
Qui ne voit plus en lui la grandeur de César.
Il est sans espérance, et son malheureux astre
Le ramène à Paris de désastre en désastre.

    Les guerriers d'Austerlitz, les vainqueurs de Friedland,
Périssent sans combattre, et dans le même champ
Restent ensevelis, glacés sur leurs épées ;
Ces belles légions, la mort les a frappées.
Le vieux soldat d'élite, abattu de langueur,
A Dieu laisse son âme, à l'ennemi son cœur.
On n'avait jamais vu, dans les grandes batailles,
Tant de morts en un jour, et plus de funérailles ;
Et la faim et le froid, sous la faulx du trépas,
Abattaient chaque jour des milliers de soldats.

Les pleurs tombent des yeux, quand on lit dans l'histoire
Tant de calamités après une victoire.
Point de paix, plus d'armée, il cache son chagrin;
De Paris aussitôt il reprend le chemin.
Du vainqueur de Friedland la douleur étouffée
Ne peut plus avec faste apporter de trophée.
Il s'adresse au sénat instruit de son revers,
Et de nouveaux secours soudain lui sont offerts.
Sous ses ordres se range une nouvelle armée,
De sentiments français encore toute animée.
Le succès avec elle eût été plus certain,
S'il avait pu garder la barrière du Rhin.
L'étranger fatigué, qui voit pâlir son astre,
Marche pour assister à son dernier désastre.

La France eût eu besoin d'un négociateur,
D'un politique adroit, d'un pacificateur;
L'ennemi dès longtemps connaissait sa vaillance,
Il n'avait plus alors qu'à craindre sa prudence.
A son retour d'Egypte il fallait un guerrier,
Le temps change la chose; et l'art de négocier
Eût pu sauver l'honneur d'un héros pacifique,
Qui voit dans la raison la fortune publique.
Tous les peuples, lassés de leur captivité,
Cherchaient à recouvrer leurs droits, leur liberté.
On a vu prospérer le héros de la France,
Tant qu'il a combattu pour son indépendance;
Peuples, rois réunis marchent contre l'étranger,
Et la nécessité ne voit point de danger.

Tous nos jeunes soldats, rangés sous les bannières,
S'exercent à la hâte et volent aux frontières.
L'amour de la patrie est dans le cœur français,
La grandeur du revers et l'éclat des succès
Ne changent jamais rien dans ce cœur magnanime.
A l'aspect du danger cet amour se ranime;
Toujours prêt à combattre, et sans désespérer,
Le Français veut la paix, elle est à désirer.

Mais on voit s'obscurcir l'horizon politique;
Et de Napoléon le sceptre despotique,
Trop pesant pour le peuple, en un dernier effort
Doit vaincre ou se briser sur les forces du nord.

L'Europe, armée ici pour son indépendance,
Contre son oppresseur marche avec assurance.
L'Ibère, le Breton, le Scythe, le Prussien,
Le Danois, le Suédois, le Germain, l'Autrichien,
De leurs nombreux soldats couvrent toute la terre,
Quand lui seul contre tous fait gronder son tonnerre.
Il bat Russes, Prussiens dans les champs de Lutzen,
Il est vainqueur à Dresde, et triomphe à Bautzen.

Moreau, son grand rival, veut, contre sa patrie,
Tacher un peu l'éclat de cette belle vie;
Il doit soudain laver cette tache en son sang,
Le fer français l'atteint et lui perce le flanc;
Contre Napoléon Moreau combat la France,
Les deux rivaux jaloux ont une triste chance :
Dans les champs de la Saxe ils décident leur sort,

L'un finit par l'exil, l'autre y trouve la mort.

Un armistice enfin venait de se conclure,
Qui semblait pour la paix de favorable augure.
C'était dans ce moment qu'un politique adroit
Devait, par la douceur, faire valoir le droit.
Le guerrier détruit tout par son bras héroïque,
Quand le salut se trouve en l'esprit pacifique;
Au bonheur de son peuple un bon prince se doit,
Il le cherche, il le fait aussitôt qu'il le voit.
Le grand homme, ébloui dans cet état de choses,
Croyait bien reposer sur un doux lit de roses.
Combattre est un talent, négocier un art,
Le succès du dernier ne vient pas du hasard.
Ici Napoléon manqua-t-il de génie?
Il eût dû s'oublier pour sauver sa patrie.
Est-il heureux, les cœurs partout lui sont soumis;
Son étoile pâlit, il ne voit plus d'amis.
Il devait à Leipsick remporter la victoire,
Donner la paix au monde, ou mourir pour sa gloire.
Le midi de l'Europe, aux mains avec le nord,
Dans un fleuve de sang va décider son sort.

Sous le plus beau soleil, les deux grandes armées
Pleines d'ardeur alors, de courage animées,
Sont en présence, et vont, avec habileté,
Combattre pour la paix et pour la liberté;
Un million de soldats, de forces inégales,
Doivent s'entretuer dans ces plaines fatales.

Par le nombre accablé le Français valeureux
Reste toujours Français, quoiqu'il soit malheureux.
Les peuples et les rois de leurs longues souffrances
Sont fiers de voir la fin, d'assouvir leur vengeance.
Napoléon vaincu perdit en un seul jour
Ses succès de vingt ans, son trône et notre amour.
Contre le peuple armé pour son indépendance,
Du despotisme usé vaine est la résistance.
Délaissé des humains, abandonné des Dieux,
Le brave cesse ici d'être victorieux.

Un repentir amer dut troubler ce génie,
Que la terre punit, que le ciel humilie ;
Ce n'est plus ce héros, qui prodigue de sang,
En fit vingt ans verser pour monter à son rang.
La bataille perdue, au milieu de la France
Il met dans les combats sa dernière espérance.
D'une armée en désordre assemblant les débris,
Il cède enfin au nombre aux portes de Paris.
On a vu jusqu'aux cieux monter sa renommée,
Comme on voit dans les airs s'élever la fumée.
Spectacle déchirant et scène de douleurs,
Quand le malheur d'un seul cause tant de malheurs !
La garde impériale, en déposant les armes,
Sur ses lauriers intacts verse un torrent de larmes ;
Le brave peut pleurer, jamais l'adversité
N'a fait dans un grand cœur entrer la lâcheté.
C'est ici que l'on voit l'ingrat et le thersite,
Qui derrière trahit son maître et prend la fuite.

La verge dont le ciel frappa Napoléon
Lui fit payer sa dette à son ambition.
Il abdique et demande, en renonçant au trône,
Tous les égards qu'on doit à sa haute personne;
Il se soumet aux lois de la nécessité,
Et son sort est l'exil ou la captivité.
Déchu de ses grandeurs, un seul espoir lui reste :
De voir dans tous les rois la volonté céleste.
Tout change autour de lui, le vaincu des vaincus
Sur les bras du soldat ne se repose plus.
Le malheur a toujours des droits à la clémence,
Quand on peut sans danger pardonner à l'offense.
De ses prospérités ici se rompt le fil,
Il se voit condamner à l'éternel exil.

Se séparer d'un fils, d'une épouse qu'il aime,
Rendre à ses ennemis un si beau diadème,
Dont il sut dignement soutenir la splendeur
Et même en relever l'éclat par sa grandeur,
Fortune ! où sont tes biens, vaine et trompeuse idole?
Le temps de tes faveurs passe vite et s'envole.
Tu rejettes l'encens que brûle à ton autel
L'ennemi de la paix, l'ambitieux mortel.
Un esprit belliqueux le tourmentait sans cesse,
Il eut trop de bravoure et trop peu de sagesse.
Le vainqueur succomba; les peuples et les rois
Ont su briser leurs fers et recouvrer leurs droits.
S'il a par son orgueil trompé notre espérance,
Pardonnons lui sa faute en l'honneur de la France.
Quand on sait mesurer la grandeur d'un état

Sur celle de son chef qui faisait son éclat,
On doit apprécier les fruits de son génie,
La gloire que son bras acquit à la patrie ;
En recevant du ciel le don de la valeur,
Il s'en servit pour nous en faisant son malheur.

Il part, et l'île d'Elbe en lui reçoit un maître
Qui de l'obscurité va la faire renaître.
Toujours infatigable, il n'est point arrivé,
Qu'un nouveau plan de l'île aussitôt est levé.
Son génie inventif, si fertile en ressources,
Voit le bien du pays, en découvre les sources ;
Il eût pu vivre heureux dans sa captivité,
Où, sans avoir de trône, il eut la liberté ;
Mais l'immense grandeur de ce vaste génie
Dans cette petite île était trop rétrécie ;
Et le grand fondateur de l'empire français
Ne pouvait y borner ses désirs, ses souhaits.
Se confiant toujours à sa haute fortune,
En dépit d'Albion il affronte Neptune.
Il brave les dangers et traverse les mers,
Ou pour revoir son trône, ou recevoir des fers.
Il ramène avec lui sa haute renommée,
Qui partout le précède et lui vaut une armée.
Ah ! s'il avait connu les bornes du pouvoir,
Mesuré sa valeur sur celles du devoir,
Il eût pu réussir dans sa haute entreprise ;
Mais l'ennemi des rois, de la paix, de l'église,
Avait trop imprimé dans le cœur étranger
La terreur de son nom, sa haine et le danger.

Le bruit de son retour arme l'Europe entière,
La valeur du héros se perd sans la lumière,
Et le pacificateur de Campo Formio
Termine sa carrière aux champs de Waterloo.
Il est déchu du trône, et loin de sa patrie
Dans une île déserte il va finir sa vie.
D'un ennemi trop dur implorant la pitié,
Il n'en reçut pour don que son inimitié,
Sa haine héréditaire, un éternel outrage,
Qui de la foi bretonne est le fidèle gage.
Sous le poids des tourments, dans son cruel exil,
De ses jours malheureux il voit rompre le fil.
Par de durs traitements sa vie est abrégée,
L'heure du trépas sonne, Albion est vengée.
Le grand homme n'est plus, dans son droit, dans son tort,
Il n'a pu se soustraire à son arrêt de mort.

Mais celui qui gouverne et le ciel et la terre,
L'Éternel, l'infini, le maître du tonnerre,
Sage dans ses décrets, juste en ses jugements,
Plein de miséricorde, et dans tous les moments
Prêt à nous recevoir sous son aile propice,
Sans porter toutefois atteinte à sa justice,
Sur Napoléon jette un regard de pitié :
L'arrêt de son exil par son ordre est rayé.

Ce Dieu de bonté rend à la terre natale
Le guerrier dont l'épée aux rois fut si fatale,
Qui se fit roi lui-même et sut en roi régner.
L'orgueil qui le perdit l'avait fait éloigner

D'un pays où son bras, autant que son génie,
Des factions d'abord enchaînant la furie,
Lui donnèrent dix ans le trône de nos rois,
Sans qu'il y pût jamais justifier ses droits.

Ce Dieu, du haut des cieux usant de sa clémence,
Et pesant tous les faits, rendit cette sentence
Digne d'un Dieu qui sait nous punir à propos,
Reconnaître le brave, honorer le héros :

« Je te choisis, dit-il, pour rétablir en France
» L'ordre, les lois, la paix, relever sa puissance.
» Un infortuné roi, digne d'un meilleur sort,
» Qui veut le bien du peuple, en est puni de mort,
» Ne pouvait des esprits calmer l'effervescence
» Ni porter de remède au mal dans sa naissance.
» Victime des partis, sous son trône ébranlé,
» Des maux toujours croissants Louis fut accablé.
» Ce prince innocent dut, pour les faits de ses pères,
» Payer sur l'échafaud des dettes bien amères.
» Je te pris sous ma garde, et devins ton soutien
» Tant que ton cœur docile a su faire le bien,
» Que ton bras valeureux, avec mon assistance,
» Promettait d'assurer le bonheur de la France.
» L'athéisme à tes pieds n'osa lever la voix ;
» Tu régnas un moment, mais ce fut par mes lois.
» Tu trouvas dans ton âme en ressources féconde,
» La paix avec l'Église et le repos du monde ;
» Oui, le restaurateur de la religion,
» Des lettres et des arts, reçut ma sanction.

» Lorsqu'une ère nouvelle allait commencer d'être,

» Tout le peuple français te reconnut pour maître.

» Saint Louis, Charlemagne et tous les plus grands rois

» Dont le règne illustra la France d'autrefois,

» N'étaient plus tes égaux, ne pouvaient plus prétendre

» Aux honneurs qu'à toi seul le monde devait rendre.

» Je te montrai combien je fus ton protecteur,

» Quand je sus t'accorder cette insigne faveur :

» Que sur ton front sacré la main de mon vicaire

» Répandît l'huile sainte, un baume salutaire;

» Mais plus je te permis d'étendre ton pouvoir,

» Plus tu voulus franchir les bornes du devoir;

» Tu ne connaissais plus mon bras ni la justice,

» Tu tombas de toi-même au fond d'un précipice.

» Sur la terre les rois ne règnent que par moi,

» Je les laisse périr quand ils oublient de ma loi.

» Je veux le bien, j'en suis le principe et la source,

» Dans le sentier du mal on se perd sans ressource.

» Des rois que tu vainquis l'humiliation

» Acquit de justes droits à ma protection.

» Les peuples, fatigués sous un joug tyrannique,

» S'unirent tous ensemble, et d'un bras héroïque

» Ils brisèrent ce joug qu'un règne paternel

» Aussitôt remplaça par un bienfait du ciel.

» Tu crus par ton divorce et ton grand hyménée,

» Assurer ton bonheur, ta belle destinée;

» D'un lien si sacré briser l'anneau nuptial

» Est le renversement de l'ordre social;

» Et de l'hymen sans honte en déchirant le voile,

» Au ciel tu vis pâlir aussitôt ton étoile.

» Étourdi de flatteurs, le roi de l'univers

» N'entendit point sonner, non, l'heure des revers.

» Les maux dont ton épée accabla la nature,

» Des maux que tu souffris devinrent la mesure.

» Aux hommes, comme à moi, tu dus compte du sang

» Que ton bras fit verser pour monter à ton rang;

» De Rome ton appui, le pontife en tes chaînes

» Te plaignit au sommet de tes grandeurs humaines;

» Tu te jouais du ciel, et le ciel irrité

» T'a du haut de ton trône alors précipité.

» Les rois humiliés, jaloux de ta puissance,

» Des outrages reçus devaient tirer vengeance.

» Tu consultais ta gloire, et sous ton joug de fer,

» Les peuples tourmentés souffraient comme en enfer.

» Les prières d'Enghien près de toi furent vaines,

» Tu le jugeas avant de l'avoir en tes chaînes;

» Son sang cria vengeance, et dans ton cœur d'airain

» La tache de ce sang a marqué ton destin.

» Soit rampant sur la terre ou monté vers la nue,

» L'homme, quoiqu'il s'élève, est toujours sous ma vue;

» Tu fis beaucoup de bien, aussi beaucoup de mal,

» Ta folle ambition fut ton arrêt fatal.

» Dans le prétexte vain d'abattre l'Angleterre,

» Tu trouvas le motif de ravager la terre;

» Ton grand orgueil t'a fait dans le néant rentrer,

» Quand tu ne connus plus de Dieu pour l'adorer.

» En relevant l'autel, tu pris le nom d'Auguste;

» Tu devins un tyran, et ton exil fut juste.

» Pour recouvrer ses droits, ravoir sa liberté,

» Le monde contre toi s'est enfin révolté;

» Et tu dus échanger les palais de la Seine
» Contre les durs rochers de l'île Sainte-Hélène.
» Tu n'avais plus d'espoir, dans ton malheureux sort,
» Que de voir arriver, pour fin de maux, la mort;
» Dans tes privations, dans l'excès de souffrance,
» Tes grands tourments étaient de penser à la France,
» De voir tes ennemis accroître ton malheur
» Jusqu'à te refuser le titre d'empereur.
» Tu meurs sans plus revoir une épouse si chère,
» Un fils pour hériter des grandeurs de son père,
» Le prendre pour modèle, et dans un rejeton
» Laisser un successeur au grand Napoléon.
» Ah! tes fautes sans nombre, avant d'être oubliées,
» Dans les déserts d'abord durent être expiées;
» Tu meurs, et ta mort donne au monde le repos.
» Dors dans le tombeau, dors du sommeil des héros;
» Le ciel est satisfait, c'est l'importante chose;
» Que la terre travaille à ton apothéose. »

Dieu parle, au même instant se montre sur les flots
La Belle-Poule en deuil chargée de son héros.
Sur les côtes bientôt et le long du rivage
Les Français réunis viennent lui rendre hommage.
Tout s'émeut, tout s'agite, et d'un commun accord
Le peuple réjoui se porte vers le port.

Telle une âme sortant de ces sombres demeures,
Où de ses longs tourments comptant toutes les heures,
Elle dut expier dans les lieux ténébreux
Ses fautes, avant d'être au royaume des cieux.

Dans cet heureux séjour elle arrive avec gloire,
Et de ses maux passés elle perd la mémoire.
Devant Dieu s'inclinant avec un saint respect,
Elle lui rend hommage et tremble à son aspect;
Au rang des Bienheureux, avec les saints, les anges,
Soudain elle commence à chanter ses louanges.
La céleste milice avec ravissement
Mêlant ses chants au sien, forme un concert charmant.
Sa majesté divine, avec magnificence,
Sur son trône reçoit cette âme en sa présence.
Ainsi Napoléon, dans le port de Cherbourg,
Au bruit de l'arrivée un peuple immense accourt;
Avec enthousiasme une nombreuse foule
Se rassemble aussitôt près de la Belle-Poule.
Le prince de Joinville, à côté du cercueil,
Fait voir ce qu'il ramène avec un noble orgueil.
La foudre à l'instant gronde, et les airs retentissent;
Les cœurs français émus partout se réjouissent;
Le peuple, par des cris et des *vivat* sans fin,
Reçoit Napoléon comme un grand souverain.

Les avides regards fixent le char funèbre
Et les restes mortels d'un homme si célèbre.
Des grands corps de l'état les députations
S'empressant d'apporter leurs bénédictions,
Adressent leur salut au héros de la France,
Comme s'il arrivait avec gloire et puissance,
Et venait consoler les Français d'un long deuil,
Que leur fait oublier l'aspect de ce cercueil.

La mer qui l'apporta du port de Sainte-Hélène
S'enfle en le remettant aux bouches de la Seine,
Et les eaux de ce fleuve, avec sa majesté,
Sont fières de le rendre à la grande cité.
Sur ses bords consolés arrive un peuple immense;
Paris seul en un jour contient toute la France.
On croyait le revoir animant ses soldats,
Donner, au champ de Mars, le signal des combats,
Et sur ses ennemis remportant la victoire,
Rentrer dans Paris même et tout couvert de gloire.
La capitale en joie, en admiration,
N'a pour lui qu'une voix, qu'une exclamation,
C'est celle de l'ivresse, ou plutôt du délire,
Expression d'un cœur qui trop longtemps désire.

Les hommes ne sont pas seuls à s'enorgueillir,
Les animaux semblaient avec nous tressaillir.
De seize coursiers blancs la beauté ravissante,
Sous leurs brillants harnais de richesse étonnante,
Par la marche, le geste, à la solennité
Ajoutait de l'éclat et de la majesté;
L'allure même indiquait assez leur connaissance
Qu'ils traînaient dans ce char la grandeur de la France;
Le pompeux appareil ne put mettre en erreur,
L'antiquité debout saluait l'empereur.

Mais d'un puissant empire une ferme colonne
Est la faveur du ciel, ce grand appui du trône.
Aux honneurs que lui rend toute la nation
Se joint encore l'éclat de la religion.

Ce dôme si célèbre, où la magnificence
Réveille du tombeau l'ombre d'un roi de France,
Et laisse dans les cœurs un si beau souvenir
D'un règne avant-coureur d'un brillant avenir.
Ce dôme réunit au culte de leurs pères
L'élite des Français formant des vœux sincères :
Que dans l'éternité l'âme de ce héros
Au céleste séjour goûte un heureux repos,
Tandis que sur la terre on lira dans l'histoire
Les merveilles d'un siècle où l'honneur et la gloire
Donnant au nom français tant de célébrité,
Ont fait passer l'auteur à l'immortalité.

Ode à Napoléon.

—

La fête de Napoléon, célébrée le 15 août 1812, à Erfurt, a inspiré cette Ode que l'auteur remit à l'Empereur lui-même, le 26 avril 1813, avec l'intention de l'engager à la paix.

En ce grand jour pour la France,
Soleil, d'un nouveau rayon
Accrois ta magnificence,
Tu luis sur Napoléon.
Ah! si du Tibre et du Tage
Jusqu'au reculé rivage

Où la Dwina perd ses flots,
Le canon aujourd'hui gronde,
C'est pour annoncer au monde
La naissance d'un héros.

Des vertus de Charlemagne
Héritier ou possesseur,
France ! Italie ! Allemagne !
Admirez son successeur.
Ulysse par la prudence,
Nouvel Achille en vaillance,
Le fils favori de Mars
Vient, voit, et dans la poussière
Fait rentrer la masse entière
De ses ennemis épars.

Sous la pourpre ce grand homme,
Le père de l'orphelin,
Tend au pauvre sous le chaume
Une secourable main.
Au champ de Mars, c'est un foudre
Qui frappe et met tout en poudre :
D'Austerlitz, de Marengo,
D'Iéna, du pont d'Arcole,
Son nom victorieux vole
A Wagram, Friedland, Eylau.

Des bords fleuris de la Seine
Alcide portant la mort,
Marche vers le Borysthène

Contre les masses du nord.
Tout s'ébranle pour combattre;
Il donne, comme Henri-Quatre,
Le signal.... et le Français,
Avec un excès de rage
Du Scythe vainc le courage,
L'écrase dans ses marais.

Dans cette nouvelle guerre,
L'aigle contre l'aigle armé,
Se disputent le tonnerre;
Le monde écoute alarmé.
Déjà le Scythe succombe,
Et le Gaulois, sur la tombe
De ce fameux Souvarow,
Sous le héros qui le guide,
S'avance d'un pas rapide
A la prise de Moscow.

Avant que sur le Tartare
Il moissonne le laurier,
Ce grand roi, de sang avare,
Offre d'abord l'olivier.
Mais doit-il tirer l'épée,
Au courage de Pompée
Il joint l'ardeur de César;
Et les rivaux de sa gloire,
Bientôt cédant la victoire,
Sont enchaînés à son char.

Le dieu suivant sa fortune,
Au milieu de l'Océan
Un jour des mains de Neptune
Arrachera le trident.
Déjà même avec surprise,
Des rives de la Tamise,
Le redoutable Breton
Le voit, bravant sa puissance,
Faire oublier à la France
Le long deuil de Quiberon.

Vers l'orgueilleuse Carthage
Le moderne Scipion
Saura s'ouvrir un passage,
Tremble, coupable Albion !
Sur l'Indus et sur le Gange
Son invincible phalange
Déploiera ses étendards ;
Ses aigles devant descendre
Sur Londres réduite en cendre
Détruiront les léopards.

Quoique l'univers l'honore
Comme vainqueur des vainqueurs
Son plus beau trophée encore
Est la conquête des cœurs.
Jaloux du titre de juste
Ainsi que du nom d'Auguste,
Pour signaler ses bienfaits,
Quand on le force à la guerre,

Son désir est que la terre
Goûte les fruits de la paix.

   Sur ses cent ailes légères
Oui, la déesse aux cent voix
A, dans les deux hémisphères
Longtemps porté ses exploits.
Déjà sur la terre et l'onde
Pacificateur du monde,
Il mérite des autels;
Et, sa gloire éternisée,
Sa place dans l'Elysée
Est au rang des immortels.

Le Combat de Navarin,

ou

L'Incendie de la Flotte ottomane par les trois puissances alliées :
La *France*, l'*Angleterre* & la *Russie*,
le 18 octobre 1827.

ODE.

Trop longtemps la Grèce asservie
Voyait succomber ses guerriers
Sous le glaive et les coups meurtriers
Des fiers conquérants de l'Asie.
L'aigle du nord, le léopard
Des lys soutiennent l'étendard,

Triple nécessaire alliance,
Où, l'honneur armé pour le bien,
Combat et réduit au silence
Les ennemis du nom chrétien.

L'implacable ennemi des braves,
Ibrahim, ce tyran des mers,
Pensait enchaîner l'univers,
Et des Grecs faire des esclaves.
Jusqu'au champ de Marathon
Volait la terreur de son nom;
Une fatale erreur l'entraîne,
Il croit le monde enseveli
Dans une ruine certaine
Sous les murs de Misslonghi.

Les Grecs en deuil, dans les alarmes,
Peuple malheureux, aux abois,
Invoquent l'appui de la croix,
Les bras de l'Europe et ses armes.
Rigny, l'olivier à la main,
Sous les remparts de Navarin
Observe l'escadre égyptienne;
Avec un éclat imposant
Flotte la bannière chrétienne
Devant l'étendard du Croissant.

L'Anglais, qui toujours se rappelle
De la victoire d'Aboukir,
Compare un danger à courir

L'éclat de la gloire nouvelle :
Il marche, et veut au vieux laurier
Lier en ce jour l'olivier.
Et le pavillon britannique
Se déployant avec fierté
S'unit à la cause publique,
Pour rendre aux Grecs la liberté.

Le Scythe doit tirer vengeance
De l'outrage à sa nation.
La voix de la religion
De l'âme frappe la puissance ;
La vieille haine et la douleur
Raniment ici sa valeur ;
La lutte qui bientôt s'engage,
Est pour le soutien de ses droits ;
Il rivalise de courage
Avec le Breton, le Gaulois.

Mais tant de forces réunies
L'élite de la chrétienté
A l'appui de l'humanité,
Par Ibrahim sont assaillies :
En vain le fier mahométan
S'élance aux ordres du sultan
Contre l'ennemi dans sa rade.
Soudain vaisseau contre vaisseau.
Aux Turcs la nouvelle croisade
Dispute l'empire de l'eau.

Partout cent bouches d'airain grondent,
Les Mamelucks du haut des forts,
Les soldats chrétiens de leur bords,
Par mille foudres se répondent.
Une épaisse fumée aux yeux
Dérobe aux Turcs l'onde et les cieux.
Le feu dans la flotte ottomane,
De bricks, galères, canots
Se rend le maitre, les condamne
A disparaître sous les flots.

Le Pacha voit dans sa furie
Ses Turcs par la foudre écrasés,
Ses nombreux vaisseaux embrasés
Tous dévorés par l'incendie,
Les trésors d'un siècle amassés,
Perdus, dans l'abîme enfoncés.
Les feux dont l'onde se colore,
Au désespoir du Musulman,
Sont vus des rives du Bosphore,
Et du sérail, et du sultan.

Chantons cette belle victoire,
Où Scythe, Breton et Gaulois
Eurent, combattant pour la croix,
Périls égaux, égale gloire;
Chantons : Navarin fut l'écueil
Qui du Pacha flétrit l'orgueil.

Puisse ce grand combat, ô France !
Conserver ta célébrité,
Donner aux Turcs moins d'arrogance,
A Mahmoud plus d'humanité.

La Prise de Constantine,

le 12 octobre 1837.

En vain d'un peuple barbare,
Fléau de l'humanité,
L'orgueil indompté prépare
Des fers à la chrétienté.
Sur les côtes africaines
Où les légions romaines

Déployaient leurs étendards,
La France descend, châtie
L'affreuse piraterie,
Et renverse ses remparts.

L'Arabe dans ses murailles,
Fier de ses anciens lauriers,
Triomphait aux funérailles
De nos plus braves guerriers.
Achmet se croit invincible,
Une vengeance terrible
L'aveugle dans son palais;
Ne respirant que carnage,
Il veut, d'un excès de rage,
S'abreuver du sang français.

Un rocher inexpugnable
Et fortifié par l'art,
Appareil épouvantable,
Au bey sert de boulevard.
Fort de son occulte mine,
Il croit à notre ruine.
Dix mille soldats vaillants,
Par un courage héroïque
Soutiennent leur gloire antique
Contre les fiers assaillants

Le Numide avec constance
Sait opposer aussitôt
Une ferme résistance

A l'opiniâtre assaut,
Damremont sur la tranchée,
La vue aux feux attachée,
Ainsi que Léonidas,
Pour la patrie et la gloire
Au chemin de la victoire
A rencontré le trépas.

L'armée, à ce coup funeste,
Ne peut longtemps s'alarmer ;
Un héros meurt ; il lui reste
Un héros pour l'animer.
Oui, le soldat sous les armes
A pu, répandant des larmes,
Craindre un moment pour son sort.
Le mal n'est point sans remède ;
Le brave au brave succède,
Valée a vengé sa mort.

Le mur foudroyé s'écroule,
Et d'un pas précipité,
Les Français entrent en foule
Dans la superbe cité.
Ici brave contre brave,
Le maître comme l'esclave,
Le guerrier suit le guerrier,
Une égale ardeur entraîne
Le soldat, le capitaine,
Dans un combat meurtrier.

Un ordre de Constantine
Rend tout habitant soldat ;
Il faut par la discipline
Vaincre ou mourir au combat.
Là, des cadavres sans nombres
Gisant parmi les décombres,
Offrent un monceau d'horreurs,
Le but qu'il fallait atteindre
Nous fait un devoir de plaindre
Les vaincus et les vainqueurs.

Sous l'orgueilleux toit du Maure
L'orage a recommencé ;
L'Arabe se bat encore,
Repoussant et repoussé ;
Le massacre dans la ville,
Le deuil en chaque famille,
Chaque maison un rempart ;
L'enfant au sein de la mère,
Le fils dans les bras du père
Reçoit son dernier regard.

La terre de morts jonchée,
Les cris plaintifs des mourants,
La victoire au Maure arrachée,
Sont des tableaux déchirants.
Le soleil, ce brillant astre,
Effrayé de ce désastre,
Se dérobe à l'univers ;
Et le bey de Constantine

Cherche, aussitôt sa ruine,
Son salut dans les déserts.

Avec splendeur, avec grâce,
Pour le désespoir d'Achmet,
Le drapeau du Christ remplace
L'étendard de Mahomet.
La bravoure et la clémence
Sont les armes de la France ;
Et notre religion,
Bouclier de la patrie,
Apporte à la barbarie
La civilisation.

Applaudissons au courage
De tous nos jeunes enfants,
Qui, vétérans avant l'âge,
Nous arrivent triomphants.
Soutiens de la monarchie,
Au péril de votre vie,
Jouissez dans vos foyers
Du gain d'une belle cause,
Quand l'honneur français repose
A l'ombre de vos lauriers.

Poésies diverses.

LE PÉLERINAGE

De Son Altesse Royale Madame la Dauphine, à Notre-Dame de Liesse,

le 9 mai 1826.

La terre n'a plus rien à redouter du ciel ;
Thérèse, des Français la véritable mère,
Modèle de vertus qu'on envie et révère,
Dépose ses grandeurs aux pieds de l'Éternel.

France ! réjouis-toi dans ce jour solennel ;
L'encens offert à Dieu d'un cœur pur et sincère,
Assure de l'état la fortune prospère,
Et protège le trône appuyé sur l'autel.

Quel concert d'allégresse excite aux bords de l'Aisne
L'aspect si désiré de notre souveraine;
En ces lieux, dirons-nous à la postérité,

La fille de nos rois a béni sur ses traces
Un peuple dont l'amour et la fidélité
Ont mérité des droits au trésor de ses grâces.

L'INHUMATION

Du général PÉCHEUX, à Bucilly (Aisne), son lieu natal,

le 18 décembre 1831.

Sous ce marbre funèbre où la douleur se grave,
Repose un général justement regretté,
Le défenseur des lois et de la liberté,
Bucilly pleure un père et la patrie un brave.

Il sut au champ de Mars, surmontant toute entrave,
Montrer avec orgueil son intrépidité,
Comme envers ses amis sa libéralité,
En recherchant la gloire, il n'en fut pas esclave.

Au tombeau du héros nous venons soupirer,
Rendre hommage au mérite, encor mieux honorer
De notre souvenir l'éclat des beaux faits d'armes.

L'habitant du village, à l'ombre du laurier,
Soulage ici son cœur en arrosant de larmes
Les cendres de Pécheux, les restes du guerrier.

LA MORT

De Son Altesse Royale Monseigneur le Duc d'Orléans, le 13 juillet 1842.

—

SIRE !

Louis d'Orléans meurt d'une chûte effroyable ;
Le ciel est-il toujours contre nous irrité,
De nous ravir si jeune un prince regretté
Du peuple, du soldat, d'un père inconsolable.

Ah ! tous nos pleurs ensemble, en ce jour lamentable
Même mêlés à ceux de votre majesté,
Seront insuffisants pour un cœur attristé
Qui déplore d'un fils la perte irréparable.

Adressons en commun nos vœux à l'Éternel,
De la France il verra le deuil universel ;
Espérons aux faveurs que sa clémence accorde.

Juste Dieu ! tes enfants prosternés devant toi
Demandent cette grâce à ta miséricorde :
Sauve notre patrie, et conserve le roi.

Mgr l'Évêque de . . , passant par le village de . . , trouva les fidèles assemblés à l'église pour le recevoir ; en l'absence de M. le Curé, un des assistants lui adresse cette prière :

MONSEIGNEUR,

Du fidèle troupeau que vous trouvez au temple,
Recevez le respect, et l'hommage, et la foi ;
De notre divin maître en nous montrant l'exemple,
Vous nous enseignez l'art d'obéir à sa loi.
Si notre obéissance a droit à nos prières,
Vénérable prélat, nous vous en supplions,
Veuillez nous éclairer de vos saintes lumières,
Et répandez sur nous vos bénédictions.

Réponse du Prélat.

Brebis que je chéris, j'accepte votre hommage,
Et je l'adresse à Dieu, qui le reçoit pour moi ;
Votre présence ici me semble être le gage
De vos bons sentiments, surtout de votre foi.
Mon admiration pour votre zèle égale
Mon amour pour celui que j'en regarde autour ;
En étendant sur vous ma main épiscopale,
Je bénis le troupeau, j'estime le pasteur.

Un vieux Poète passant par la ville de . . , visita un pensionnat de jeunes
   Demoiselles dont il reçut un grand accueil pour ses œuvres. Il leur adressa
ce remerciement :

Jeunes élèves, qui, pour entendre un poète,
Veuillez vous réunir et le complimenter,
Sensible à votre accueil, je me fais une fête
De me voir parmi vous, de vous féliciter
Du bon goût, de l'esprit qui devance votre âge.
Si les muses ici sont en si grand honneur,
Au beau sexe je sais de même rendre hommage,
Et des grâces toujours être l'admirateur.

Réponse d'une élève.

Des muses nous cherchons l'aimable compagnie,
Les grâces ne sont rien sans l'esprit des neuf sœurs ;
Contentes de jouir longtemps de leurs faveurs,
Nous venons nous placer à l'ombre du génie.
Nos charmes sont des fleurs auxquelles le soleil
A l'aurore du jour donne un éclat vermeil.
Minerve a vu des ans l'irréparable outrage
Sans emprunter les traits du carquois de Vénus,
Nous trace les beautés d'un printemps qui n'est plus,
En vengeant les talents des injures de l'âge.

A Madame la Vicomtesse de ***,

En lui offrant pour étrennes un Recueil de nouvelles poésies.

—

Vicomtesse, je sais d'une source certaine
Que des beaux vers toujours vous faisiez un grand cas;
Pour charmer vos loisirs. j'arrive sur les pas
De Corneille, Boileau, Racine, La Fontaine;
Je viens vous étrenner, élève d'Apollon,
De quelques chants nouveaux dans le sacré vallon.
Puissé-je, dans l'empire où règne Melpomène,
A des rivaux jaloux dicter un jour la loi,
Et sans témérité prétendre être le roi;
Par les grâces, l'esprit, vous en seriez la reine.

La Guirlande de Roses.

Une jeune demoiselle avait brodé une Guirlande de Roses pour offrir à sa Marraine le jour de sa fête,
elle demanda ces vers qu'elle plaça au milieu.

Parmi toutes les fleurs que j'ai pu vous choisir,
Et que l'amitié pure en guirlande compose,
C'est la rose, Elisa, que je dois vous offrir,
A vous qui du beau sexe êtes aussi la rose.

Les Adieux d'un Officier à son Amie.

la veille d'une bataille.

Adieu ! tendre Julie, adieu ! belle que j'aime,
Si mon grand cœur que rien n'a jamais abattu,
Dans les rangs ennemis te rencontrait toi-même,
Pour la première fois il s'avouerait vaincu.

A Thaïs.

Si j'étais Michel-Ange, un Lebrun, un Apelle,
Je peindrais la douceur, les grâces et les ris,
Et certes mon tableau serait d'un très-grand prix,
Car je prendrais Thaïs pour servir de modèle.

A Elisa.

O charmante Elisa, souffrez que je vous dise
Qu'à vos charmes Caton n'aurait pas résisté ;
Qu'il est permis d'aimer, excusez ma franchise,
Celle qui joint l'esprit à l'amabilité.

A Sophie,

En lui envoyant les Devoirs de la Femme.

Comment oser donner à l'aimable Sophie
Des leçons pour ranger les mortels sous ses lois ?
Elle, pour qui l'amour, en lui donnant la vie,
De flèches contre nous épuisa son carquois.

A Caroline,

Sur sa belle voix.

Caroline, à vos chants mon cœur a dû se rendre,
Vos charmes, votre esprit, je sais tout admirer ;
Si vous me condamnez la nuit à soupirer,
Faites-moi donc passer le jour à vous entendre.

A Clémence,

Sur son mariage.

Beau soleil, jour de miel, éclairez l'alliance
Du couple heureux ; l'épouse est digne de l'époux.
L'hymen n'est qu'une rose, et son lien est doux,
Surtout quand la bonté s'allie à la CLÉMENCE.

Le Bouquet de Muguet.

Voulant vous témoigner mon amitié sincère,
Je viens de vous cueillir quelques fleurs de muguet,
La beauté qui ravit forme un charmant bouquet
Que vous offre mon cœur enchanté de vous plaire.

La déclaration à Éléonore.

E n voyant vos appas, aimable Éléonore!
L 'avouerai-je, j'aspire au bonheur d'être à vous,
E t déjà j'enressens le plaisir le plus doux.
O ser un jour prétendre à l'hymen dont l'aurore
N e luit dès aujourd'hui que pour me rendre heureux,
O btenir votre main est l'objet de mes vœux.
R épondez, je vous prie, au cœur qui vous adore,
E t que tous mes désirs soient ceux d'Éléonore.

ÉPIGRAMME

A Mlle ***, impatiente de se marier dans le Carême, sans espoir d'être heureuse.

Le carême est un temps de jeûne et d'abstinence,
Et vous le préférez pour choisir un époux;
Lise, de votre sort je ne suis point jaloux,
Car vous n'aimez, je vois, que trop la pénitence.

A Mademoiselle ***,

Qui cherche à plaire et qui croit être aimée.

Victoire est un beau nom, puisqu'il rime avec gloire,
Ce nom seul sans esprit suffit pour me charmer.
Vous cherchez l'art de plaire, et moi, je sais aimer
Qu'un rival préféré remporte la victoire.

Remerciement à Rose,

Qui avait vengé un Poëte insulté par Virginie, dont la figure avait
de la ressemblance avec l'épine-noire.

Répands, tant que tu peux, sur moi ta bile impure,
O Virginie ! en vain tu voudrais m'outrager ;
Tu sais bien que la Rose est là pour me venger,
Et de la noire épine effacer la piqûre.

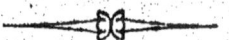

ÉPITAPHE

Adressée par l'auteur et souscripteur, à M. le Maire de Carhaix (Finistère),
pour être mise au bas de la Statue érigée en l'honneur de LATOUR-
D'AUVERGNE, PREMIER GRENADIER DE FRANCE.

Brave Latour-d'Auvergne ! au pied de ta statue,
J'admire le héros, je pleure le guerrier ;
D'un plus beau titre encor la France te salue :
C'est du nom glorieux de *premier grenadier.*

Regrets exprimés à Mme BERGÈRE,

Sur son départ de M. . . . , où elle était venue, avec ses trois enfants,
passer le temps des vendanges.

Restez donc, aimable Bergère !
Avec vos trois jolis enfants :
Pourquoi ne paraissez-vous guère
Dans nos climats aussi charmants,
Que quand Phœbus de sa carrière
Retire ses rayons ardents ?
L'astre, loin d'aller en arrière,
S'il connaissait nos sentiments,
Voudrait rapprocher sa lumière,
Pour nous conserver plus longtemps
D'une société si chère
La présence et les agréments.

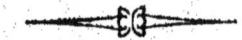

Félicitations à Anna,

Marraine à 12 ans.

Anna ! vous qui devez sur les fonds de baptême
Délivrer du péché de nos premier parents
Une âme condamnée à d'éternels tourments,
Et répondre pour elle en face de Dieu même,
Jeune encor votre cœur doit ici tressaillir
De connaître déjà ces devoirs à remplir ;
Rendre un enfant chrétien est un très grand mérite ;
Je sais l'apprécier, je vous en félicite.

A Claire,

Faisant sa première communion.

Claire! communier est une action sainte;
Pour la première fois recevoir son sauveur,
C'est mériter du ciel une insigne faveur;
A la table de Dieu la belle âme est sans crainte.
Vous allez vivre en lui comme il veut vivre en vous,
Est-il pour votre cœur un délice plus doux
Que celui ressenti du bonheur d'être admise
Au banquet qu'en ce jour Dieu donne à son église?

Le Bouquet

De Roses, de Jasmin, de Lis, de Violettes, offert à Delphine, le jour de sa fête, au mois de mai.

De Delphine aujourd'hui nous célébrons la fête,
Nous venons vous offrir les produits du printemps,
Des fleurs de nos jardins, nos vœux les plus ardents.
La rose, le jasmin, le lys, la violette
Charment par leur odeur, comme par leur beauté;
Ce bouquet pour présent, et nos cœurs pour hommage,
Dans les deux à la fois vous avez l'avantage
De trouver le parfum et la sincérité.

Le Défi à la Course.

—

FABLE.

Trois fanfarons, au printemps de leur âge,
Aux pieds légers, et d'un ton goguenard,
Espérant vaincre à la course un vieillard
Avaient osé défier son courage.
D'un air railleur ils pensaient publier
Au son du cor leur brillante victoire,
S'en faire honneur, en tirer grande gloire,
Et sur leur langue attacher le laurier.
    Le bon vieillard répond à leurs bravades ;
Pour bien courir, il s'était peu nourri,
Sans hésiter accepte le défi.
Eh bien ! dit-il, courons, mes camarades.
D'abord, *Plaisant*, replet, gras et dodu,
Riait d'avance, et le croyait vaincu :
Plaisir trop court, le jeune téméraire
Ne peut lutter contre un sexagénaire.
Léger, plus vif que le poisson dans l'eau,
Croit remporter un triomphe nouveau ;
Tel qu'un chevreuil, s'élançant dans la plaine,
Il bat les flancs, et bientôt hors d'haleine,
Le regret suit l'intrépide coureur
Qui perd son temps, sans gagner plus d'honneur.

Enfin, *Menu*, fluet comme une anguille,
Prompt à la course, et voltigeur habile
Par bonds, par sauts, cherche à le devancer ;
Mais vains efforts, ne peut le surpaser.

Le vieux routier, qui du Rhin vit la source,
Vainquit cent fois les Germains à la course,
Sent s'allumer ces feux des premiers temps
Qui réchauffaient un corps de soixante ans.
Il fend les airs ; sous ses pieds la poussière
Vole, éblouit les coureurs qui derrière
Exténués, et couverts de sueur,
N'essayaient plus de narguer leur vainqueur,
« Vaincus ! dit-il, évitez par la suite
» L'occasion de courir au plus vite,
» Et, profitant de la belle leçon
» Ne vendez plus, en aucune saison,
» La peau de l'ours, que votre cimeterre
» N'ait étendu l'animal sur la terre. »

FIN.

LAON

Typographie de Ed. Fleury & L. Huriez

Rue Sérurier, 22

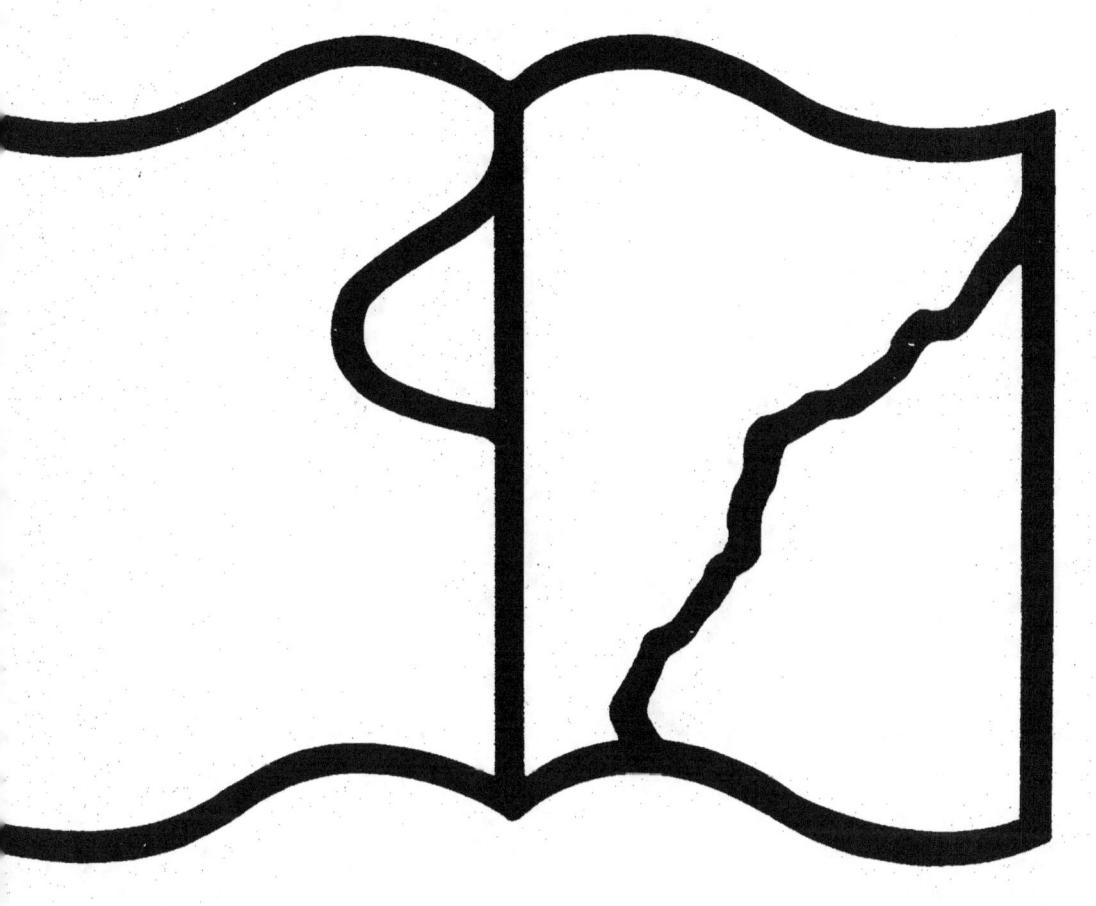

Texte détérioré — reliure défectueuse

NF Z 43-120-11

www.ingramcontent.com/pod-product-compliance
Lightning Source LLC
Chambersburg PA
CBHW060822250626
47162CB00005B/1911